आँचल की धूप

कैलाश मिश्र 'दोषी'

दोष तूने ही कराये हैं बहुत, अब ढिंढोरा पीटता हूँ मैं |

नाम के साथ जोड़कर दोषी, स्वयं कहला रहा हूँ मैं ||

इस तरह तेरा अब, हो गया हूँ हम-नाम |

काम सब तूने किये, और दिया मुझको नाम ||

तेरी मर्ज़ी के बिना, हिलेगा क्या पत्ता भी |

ज़िन्दगी तूने ही दी और गुनाहों से भरी ||

तुझी को सौंपता हूँ मैं, ये पुश्तारा गुनाहों का

मगर कहते हो तुम – ठहरो,

भर के ढोलो, कुछ दिनों तक और ||

क्रम-सूची

प्रस्तावना

पौराणिक कथा (महाभारत) पर आधारित ' आँचल की धूप' नाटक एक जीवंत प्रश्न के उत्तर का अन्वेषण है | क्या कोई जननी - कुमाता बनकर नवजात को मृत्यु की गोद का वरण करने हेतु स्वयं उसे त्याग सकती है ? यदा-कदा (ज्ञात समाचारों में) क्या वह उसे किसी वन में, निर्जन स्थान में, हिंसक-प्राणियों के समक्ष , किसी कंटकाकीर्ण झाड़ी में, कूड़ेदान में अथवा रेल की पटरी के बीच फेंक सकती है ? मेरा मानना है, नहीं- कदापि नहीं | यह कार्य लोक-लज्जा- भय अथवा किन्हीं घोर विवशता - वशात उस प्रसूता की परिचारिकाओं द्वारा ही बलपूर्वक किया जाना संभव है , जिसकी अभिस्वीकृति उस सद्यः-प्रसूता की कभी नहीं हो सकती | निश्चित ही, पश्चात वह आजीवन अपने इस कृत्य की दोषी बनी रहकर उस नवजात के जीवन अथवा वर्तमान स्थिति के संज्ञान हेतु सदैव प्रयत्नशील हो अपने आँचल की छाया उस नवजात को न दे पाने के लिए जीवन भर पश्चाताप करती हुई पाप-बोध से ग्रस्त रही आती है |

दि्वतीय एकांकी नाटक – ' अवज्ञा '- राम-राम एवं सीताराम इन शब्दों की व्याख्या पर आधारित है , जिनमें 'राम-राम' शब्द असहायता-विवशता का द्योतक होकर सहानुभूति का परिचायक हो गया है , वहीं 'सीताराम' शब्द शक्तिवाचक है |

तृतीय एकांकी – सन्मति- सर्व-धर्म की मान्यता पर आधारित है | कल्पना कीजिये- किसी 'स्मार्ट सिटी' की आयोजना में पृथक-पृथक धार्मिक आस्था-केन्द्रों हेतु एक स्थल सुरक्षित कर दिया जावे , जिनमें सभी पूर्ण सद्भावना एवं सन्मति से सभी धर्मों का समादर करते हुए – मंदिर-मस्जिद-गुरुद्वारा-चर्च- जैनमंदिर एवं बौद्धचैत्य आदि स्थलों का का निर्माण कर अपनी-अपनी निष्ठा व्यक्त करें | इन्हीं कल्पनाओं को एक कड़ी में पिरोया जाकर " आँचल की धूप" पाठकों | दर्शकों के समक्ष प्रस्तुत है | इसकी समालोचना अपेक्षित एवं शिरोधार्य है |

पावती (स्वीकृति)

मैं अपनी दौहित्री कु. दर्शिता चतुर्वेदी – जो एक अंतर्राष्ट्रीय प्रतिष्ठान 'अत्रि-लैब्स' में सी.ई.ओ. है , का और श्रीमती प्रिया मिश्रा का – समयाभाव में किये गए श्रम के प्रति साशीष साधुवाद व्यक्त करता हूँ | साथ ही नोशन प्रेस के प्रकाशक जी का भी मैं आभारी हूँ, जो जन-जन तक इसे पहुँचाने हेतु कृत-संकल्पित हैं |

आमुख

कैलाश मिश्र 'दोषी'

कैलाश प्रसाद मिश्र पिछले पचास वर्षों से दस से अधिक उपन्यास, नाटक, ग़ज़ल-गीत और कहानियां के लेखक रहे हैं | उनकी साहित्यिक-कृतियाँ में 'बुके (ग़ज़ल-गीत –संग्रह)', 'अधूरे-सपने (कहानी-संग्रह)', 'सोने की हथकड़ियां (कहानी-संग्रह)', 'खैराती (लघु उपन्यास)', 'रामबोला (नाटक)', 'आँचल की धूप (नाटक-संग्रह)', 'रावण-गाथा' शामिल हैं |

1
आँचल की धूप

[प्रथम - अंक]

[प्रथम - दृश्य]

(यवनिका उठती है। सायंकालीन बेला में मालव के राजप्रासाद के अंतरंगी भाग की एक वाटिका का दृश्य। राजकुमारी पृथा अपनी अभिन्न सखी के साथ पुष्प-कुञ्ज के बीच बैठी हुई किसी गंभीर चर्चा में निमग्न दृष्टिगत हो रही हैं।)

पृथा - (नीची दृष्टि किये हुए)- "अरी प्रियंवदा, मैं तुझे क्या बताऊँ? पूज्यवर ऋषि दुर्वासाजी की उस मन्त्र-सिद्धि का वरदान क्या और कितना मंगलकारी तथा कल्याणकारी होगा ? सोचते हुए भी लज्जा आती है।"

प्रियंवदा - (आश्चर्य से) - " भला कैसे ? पूज्यवर ऋषि के शुभाशीष पर संदेह क्यों? वह तो मंगलकारी होगा ही।"

पृथा –(किंचित भयातुर होकर)- " पर पता नहीं क्यों, मुझे बड़ा भय-सा लग रहा है। लगता है,कुछ अशुभ तथा अमंगलमय अनहोनी घटित होने वाली है।"

प्रियंवदा- " नहीं राजकुमारीजी , यह भ्रम है | भला ऋषिवर का वरदान अशुभ- सूचक कैसे हो सकता है ?"

पृथा - " देखो, भविष्य में क्या होगा? ईश्वर ही सहायक हैं |"

प्रियंवदा - " हाँ, वे तो हैं ही | आप कल स्नानोपरांत माँ दुर्गा की आराधना अवश्य करें | वे सब कल्याण करेंगी |"

पृथा - (उठते हुए)-" हाँ, ठीक कह रही हो | पर वह मन्त्र-सिद्ध------(कुछ सोचते हुए धीमे स्वर में)- असत्य भी तो हो सकती है |"

प्रियंवदा - " नहीं राजकुमारीजी, अविश्वास उचित नहीं | ऋषिवर की वाणी पर असत्यता का संदेह -------कदापि नहीं|"

पृथा - (गंभीर मुद्रा में)-" फिर भी----------" (एक ओर चल देती हैं | पीछे-पीछे प्रियंवदा भी प्रस्थान करती है | धीरे-धीरे यवनिका गिरती है)

෴

[द्वितीय- दृश्य]

(यवनिका उठती है | प्रातः–कालीन दृश्य | सूर्य की अरुणिमा बिखर रही है| राजकुमारी पृथा प्रासाद से सटे हुए नदी के एक एकान्तिक घाट में स्नान कर सूर्य को स्वर्णिम कलश –पात्र से अर्घ्य देती है | अनायास ही सूर्य की अरुण-आभा को देखते-देखते ऋषि दुर्वासा का सिद्ध-मन्त्र होठों पर आ जाता है| मन्त्र पूर्ण होते ही सूर्य का अरुण बिम्ब राजकुमारी के पास आने लगता है| पृथा बढ़ते प्रकाश से घबराकर आँखें बंद कर लेती हैं| परन्तु प्रकाश बंद आँखोंके भीतर भी प्रवेश करने लगता है| अत्यधिक घबराते हुए वे आँखें खोलती हैं –समक्ष में प्रकाश मात्र प्रकाश ही दिखाई देता है | आँखें अपने आप बंद हो जाती हैं | प्रकाश-पुंज के अतिरिक्त कुछ क्षण तक कुछ भी नहीं दिखाई पड़ता है |)

प्रियंवदा - (यत्र-तत्र खोजती हुई अत्यंत भयातुर स्वर में)- " राजकुमारीजी –राजकुमारीजी, आप कहाँ हैं? मैं तो थक गई –आह |(एक

ओर बैठ जाती है , फिर कुछ क्षण उपरान्त)-ओह, कितना प्रकाश-पुंज , कितना ? (घबराकर आँखें बंद कर लेती है| फिर शीघ्र ही उठते हुए) कितना प्रखर तेज ? लगता है, जैसे सूर्य आज आकाश में उदित न होकर नदी-तट में ही उदित हुए हों| ओह अभी तक आँखों में कुछ नहीं सूझता | पता नहीं, राजकुमारी कहाँ हैं ? (मंदिर की ओर बढती है)

पृथा - (डगमगाते हुए मंदिर में प्रवेश कर प्रणाम की मुद्रा में लेटते हुए अत्यंत कातर मंद स्वर में)- " रक्षा करो माँ जगदम्बिके, रक्षा करो | मार्ग दिखाओ माँ |" (सिसकने लगती है)

प्रियंवदा - (मंदिर में प्रवेश कर)-" अरे आप तो यहाँ हैं, राजकुमारीजी | मैं कबसे आपको खोज रही हूँ | एक आश्चर्य- महत आश्चर्य |" (पृथा की हिचकी फूट पड़ती हैं | भय एवं चिन्तामिश्रित स्वर में)- क्या हुआ राजकुमारीजी ? आप रो रहीं हैं | (पास आकर)- अरे आप तो पसीने से नहाई हुई हैं |"

पृथा - (उठकर बैठते हुए)- " आह सखी| (बाहें फैलाकर प्रियंवदा से लिपटते हुए)- मैं बहुत असहाय हो गई हूँ सखी | मैं अब देवी माँ के समक्ष ही अपने प्राण त्याग करना चाहती हूँ | सखी अब यह तुमसे अंतिम--------" (फफक पड़ती है)

प्रियंवदा - (आश्चर्य से)-" पर क्यों?"

पृथा - (सिसकते हुए)-" अब क्या बताऊँ सखी ? पूज्य ऋषिवर की मन्त्र-सिद्धि पर अविश्वास का दुष्परिणाम बहुत ही भयावह होने जा रहा है | अब मात्र मृत्यु ही इसका प्रायश्चित है , बस |"

प्रियंवदा - (भयमिश्रित चिंता के स्वर में)-" कृपया स्पष्ट कहें,राजकुमारीजी क्या –कुछ घटित हुआ है?"

पृथा - (हिचकी भरे स्वर में)- " हाँ सखी | (रूककर मंद स्वर में) आज अरुण- बेला में मैं अकेले ही नदी घाट में स्नान करने के उपरान्त उदित होते सूर्य को अर्घ्य देते-देते पूज्य ऋषिवर द्वारा प्रदत्त मन्त्र का अनायास ही जप कर बैठी थी | बस आगे कुछ न पूंछो| (दोनों हाथों से आँखें बंद कर लेती हैं)

प्रियंवदा- (आश्चर्य से)-" फिर-फिर |"

पृथा - (भय से कांपते हुए)-"फिर आकाश का वह रक्त- बिम्ब मेरी ओर बढ़ने लगा | प्रकाश की तीव्रता में मेरी आँखें चौंधिया गईं | मैं घबराकर वहीं गिर पड़ी थी | फिर आँखें बंद रहने पर भी मुझे लगा था जैसे प्रकाश का बृहत् पुंज मेरे समीप आकर चारो ओर मुझे आलोकित कर रहा है | मात्र प्रकाश-पुंज बंद आँखों के भीतर भी दृष्टिगत हो रहा था | मैं अपनी चेतना खो बैठी थी | वह तेज अभी भी मैं सहन नहीं कर पा रही हूँ, सखी |" (प्रियंवदा से लिपट जाती है)

प्रियंवदा -" हाँ राजकुमारीजी, सत्य है | मैंने भी उस प्रकाश-पुंज को देखा है | आपको खोजते हुए मैं नदी के तट पर पहुंची थी , पर वहां मात्र प्रकाश ही था | आप नहीं दिख सकीं मुझे | मेरी आँखें भी बंद हो गईं थीं | अभी भी वह प्रकाश-पुंज मुझे भयातुर किये हुए है |"

पृथा - (कातर भाव से)-" पर अब क्या होगा सखी ? मन्त्र-सिद्धि से पुत्र-प्राप्ति के इस अनिष्ट से बचने का मात्र विकल्प मुझे अपनी मृत्यु ही दिखाई देती है |"

प्रियंवदा - " नहीं राजकुमारीजी, नहीं | इसे देव एवं ऋषि का प्रसाद मानकर स्वीकार ही करना पड़ेगा | इसे आप अनिष्ट न मानें | यह निश्चित ही भविष्य के कालक्रम के निर्धारण में एक महती घटना के रूप में प्रकट होगा | आप धैर्य एवं साहस रखें |" (पृथा उठकर प्रियंवदा से लिपट जाती है | दोनों की सिसकियाँ उभरती हैं |यवनिका गिरती है)

༺ঔ༻

[तृतीय-दृश्य]

(यवनिका उठती है | एकान्तिक कक्ष का दृश्य राजकुमारी पृथा एवं प्रियंवदा किसी गंभीर चर्चा में निमग्न हैं | सायं बेला में एक दासी दीपक जलाकर शीघ्र ही वापस चली जाती है |)

प्रियंवदा - " देखिये राजकुमारीजी,आप बिल्कुल चिंतामुक्त रहें अन्यथा गर्भस्थ बालक की मनोदशा में भी इसका प्रभाव पडेगा | सातवाँ मास पूर्ण होने तक काष्ठकार वह काष्ठ-मंजूषा बनाकर सौंप देगा ,जिसमें नवजात शिशु के साथ उसके वस्त्र, औषधियां,दूध आदि आवश्यक वस्तुएं भी रखी जा सकेंगी | वह मंजूषा नीचे से नौका की आकार की रहेगी | ऊपर के आवरण पर ऐसे छिद्र बनेहोंगे जिनमें से हवा तो अन्दर जाती रहेगी परन्तु किंचित जल-कण तक प्रवेश न कर सकेंगे |"

पृथा - (शांत स्वर में)-" पर सखी, उस शिशु के जीवन का भय तो बना ही रहेगा ?"

प्रियंवदा - (दृढ़ता से)-"नहीं, बिल्कुल भी नहीं | नदी के दोनों तट पर अश्वारोही रक्षक गण चलते रहेंगे तथा समय-समय पर मंजूषा को रस्सों से खींचकर शिशु की सेवा-शुश्रूषा करते चलेंगे , जबतक कि उसे कोई आश्रय नहीं मिल जाता |"

पृथा - " हूँ,व्यवस्था तो उचित है , पर गोपनीयता -----

प्रियंवदा - " राजकुमारीजी, आप निश्चिन्त रहें | सभी रक्षक तथा वह काष्ठ – मंजूषा निर्माता अत्यधिक विश्वसनीय हैं | आपका कहीं भी नाम नहीं है | यह सब मैं अति गोपनीय ढंग से कर रही हूँ |"

पृथा - " और महाराजश्री एवं माताश्री -----------?"

प्रियंवदा - (हँसते हुए)_" आप उनसे भी निश्चिन्त रहें | तीन मास के लिए आपकी एकान्तिक साधना चल रही है जिसमें मात्र मैं ही आपकी संगिनी रहूंगी | इसकी अनुमति महारानीजी से मिल गई है | आज ही से मैं भी इसी कक्ष में शयन करते हुए प्रतेक क्षण आपके साथ रहूंगी|"

पृथा - (हँसते हुए)-"तुम कबसे इतनी बड़ी मिथ्यावादिनी हो गई ? मुझे कुछ पता ही नहीं चला |"

प्रियंवदा - (उसी प्रकार हँसते हुए)- " जबसे उस प्रकाश-पुंज के दर्शन हुए हैं , तभी से |" (दोनों हँसते हुए एक दुसरे से चिपट जाती हैं)

पृथा - (अचानक गंभीर होते हुए)_"सत्य है, उस प्रकाशपुंज का स्मरण करते ही शरीर का रोम-रोम आलोकित हो उठता है| आँखें बंद करने पर भी प्रकाश की लालिमा पलकों के अन्दर प्रवेश करती दृष्टिगत

होती रहती है | हे देव, अब आपही मेरी लज्जा बचावें |"

प्रियंवदा - (हँसते हुए)_" अब आप पूर्ण निर्भयता एवं निश्चिंतता से अपनी एकान्तिक साधना में लीन रहें | सारी व्यवस्था का दायित्व मुझ पर छोड़ दें | सब कल्याणकारी होगा |" (इतने में एक दासी प्रवेश कर प्रियंवदा के वस्त्र आदि सामग्रियों की गठरी प्रियंवदा को देकर तुरंत ही चली जाती है | यवनिका गिरती है |)

॰৴৺

[चतुर्थ – दृश्य]

(यवनिका उठती है| उसी कक्ष का दृश्य| रात्रि के द्विवतीय प्रहर की बेला| दो-तीन दासियाँ बड़ी शीघ्रता से इधर से उधर आती-जाती दिखती हैं |)

एक दासी - (प्रियंवदा से)_" भद्रे , नवजात शिशु बहुत ही स्वस्थ है | खिला हुआ रक्त-कमल-सा मुखमंडल, उन्नत ललाट, रक्तिम नेत्र, दृढ़ वक्षस्थल – लगता है, जैसे पृथक से कवच आच्छादित हो और इसी भांति कानों में भी स्वर्णिम कुंडल की कान्ति बनी हुई है | (हँसते हुए)- शिशु जन्म लेते ही कवच-कुण्डलधारी एक वीर क्षत्रिय योद्धा है |"

प्रियंवदा - (आश्चर्य से)-"पर पता नहीं, इस योद्धा की क्या परिणति हो? हे मार्तंड, इसकी रक्षा कीजिये | (दासी के कान में कुछ सन्देश देती है | वह स्वीकृति में सिर हिलाती है|) उसे बाहर रोको , मैं आती हूँ |" (शीघ्रता से बाहर जाती है | एक वीर सैनिक पूरी तैयारी से खड़ा दृष्टिगत होता है)

सैनिक - " भद्रे, प्रणाम | सब तैयारी कर ली गई है | मेरे साथ तीन और अश्वारोही सैनिक हैं| दो-दो सैनिक नदी के दोनों तटों पर अश्वों पर सवार होकर दौड़ेंगे | सभी के पास लोहे के कुंदे लगे हुए रस्से रहेंगे , जिससे उस मंजूषा को आवश्यकतानुसार फंसाकर किसी एक तट पर खींचा जा सकेगा | अब आज्ञा दें |"

प्रियंवदा - (प्रसन्नता से)- "अति उत्तम | आप सभी दोनों तटों पर तैयार रहें | मंजूषा लेकर मैं यथाशीघ्र आती हूँ |(सैनिक प्रणाम कर जाने

• 6 •

लगता है) पर सुनो, मंजूषा जिस किसी शरणस्थली को पाती है , उसका समस्त विवरण अति गोपनीयता से प्राप्त करना आवश्यक होगा | और हाँ, प्राण त्यागने की स्थिति आने तक भी इस राज्य तक का नाम किसी को विदित नहीं होना चाहिए | सभी प्रस्थान करें | ईश्वर सबकी रक्षा करें |"

(सैनिक प्रस्थान करता है | प्रियंवदा पुनः वापस कक्ष में प्रवेश कर मंजूषा का सूक्ष्म परीक्षण करती है | दासी उसके नीच के भाग में वस्त्राभूषण तथा कुछ रत्नों की मालाएं रखती है | प्रियंवदा एक स्वर्ण कलश में दूध एवं एक कटोरी तथा छोटा सा एक स्वर्ण-चषक रखती है | तभी राजकुमारी पृथा की उभरती चीख से उस ओर दृष्टि उठाती है |एक दासी शिशु को पृथा की गोद से बलात खेंच रही है)

प्रियंवदा - (लगभग दौड़ते हुए)- " यह क्या राजकुमारीजी, मोह उचित नहीं है | शीघ्र ही इस शिशु को जल-प्रवाह करने की अनुमति देवें |"

पृथा - " नहीं, कुछ पल तो ठहरो सखी,| एकबार तो मैं इसे अपने वक्षस्थल से लगालूँ | देखो न, मेरी कंचुकी भी गीली हो रही है | इसे स्नेह की कुछ बूँदें तो पी लेने दे सखी, केवल एकबार|"(सिसक उठती है)

प्रियंवदा - (दृढ़ स्वर में शिशु को छीनती हुई)_"नहीं,कदापि नहीं | इसके भाग्य में माँ का स्तन-पान है ही नहीं | माँ के आँचल की छाया इसे भला क्या मिलेगी? इसे मैं यह कलश का दूध पिला रही हूँ |

(चषक से दूध पिलाती है | पृथा की आँखें मौनभाव से अश्रुपात करती रहती हैं| प्रियंवदा शिशु को मंजूषा के बीच के खण्ड में लिटाकर आवरण जैसे ही बंद करती है, तभी पृथा की चीख फिर निकल पड़ती है | दासियाँ उन्हें सहारा देकर बैठालती हैं | प्रियंवदा एक दासी के साथ काष्ठमंजूषा लेकर बाहर निकलती है | घाट पर दो मशालें जलती हुई दिखाई पड़ती हैं | उसी ओर बढती हुई मंजूषा को जल में प्रवाहित करने के पूर्व वह एक मशालची को अपने पास आने का संकेत करती है)

"हाँ तो भद्रक, प्रति प्रहर इस मंजूषा को खोलकर देखते रहना | सारी सामग्रियां उपलब्ध हैं | दूध की व्यवस्था मार्ग में कहीं न कहीं करनी होगी | परन्तु अश्व की गति जलधारा से पीछे न रह जावे , यह ध्यान

अवश्य रखें |"

सैनिक_(भद्रक) – " जो आज्ञा आर्ये , वैसा ही होगा |"

प्रियंवदा - (मंजूषा को जलधारा में उतारकर बीच की ओर धकेलती हुई)- "प्रस्थान करो कुमार,सूर्यदेव की भांति ही आप यशस्वी बनें|सम्पूर्ण धरती आपकी प्रतीक्षा कर रही है | परन्तु इस मालव-देश की धरती को आप अवश्य क्षमा करना कुमार | जाइए, माँ जगदम्बा आपका कल्याण करें |"

(मंजूषा बह चलती है | दोनों तटों पर दो-दो अश्वारोही मशाल लिए दौड़ते दिखाई देते हैं | प्रातः होते ही रस्सों से मंजूषा को एक ओर खींचा जाता है | मंजूषा जैसे ही खोली जाती है, वैसे ही सूर्यदेव की अरुणिम आभा उस शिशु के मुखमंडल को आलोकित कर देती है|)

सैनिक (भद्रक) - (आश्चर्य से)-"अरे, आकाशमंडल का वह रक्तबिंदु लगता है, इस मंजूषा में प्रवेश कर रहा है | देखो न , कितनी साम्यता है इन दोनों में | हो न हो, है यह कोई दैवी-शक्ति ही | अरे, शिशु भी एकटक सूर्य के प्रकाश को देख रहा है |"

(दोनों सैनिक झुककर देखते हैं| उसके वस्त्र बदलकर कलश का दूध चषक से पिलाने के पश्चात आवरण बंद कर देते हैं तथा मंजूषा को पुनः प्रवाहित कर देते हैं |)

दूसरा-सैनिक - "न जाने यह यात्रा कहाँ तक और कबतक होगी ? ईश्वर ही मार्ग दिखाएँ | भवितब्यता क्या है ?कौन जाने ? " (मंजूषा के साथ चारो अश्वारोही पुनः दौड़ पड़ते हैं| यवनिका गिरती है)

[द्वितीय - अंक]

[प्रथम - दृश्य]

(यवनिका उठती है| मालव-प्रासाद के अंतरंगी भाग की उसी वाटिका का दृश्य | राजकुमारी पृथा बड़ी व्यग्रता व चिंता में यत्र-तत्र विचरण-शील हैं |पैरों की डगमगाहट उनकी शारीरिक शिथिलता को भी प्रकट कर रहीहै | तभी दौड़ने से हांफती हुई प्रियंवदा प्रवेश करती है)

प्रियंवदा - (हांफते हुए) - " राजकुमारी जी-राजकुमारीजी |"

पृथा - (व्यग्रता से) - " क्या है सखी,क्या हुआ ?"

प्रियंवदा - (मंद स्वर में पास आकर)-"चारों दूत वापस आ गए हैं | बालक स्वस्थ है | मंजूषा निर्बाध गति से चर्मवती, यमुना फिर गंगा में बहती हुई पाटलिपुत्र राज्य के एक ग्राममें धीवरों के माध्यम से हस्तगत करते हुए अधिरथ नामक सूत ने शिशु को प्राप्त कर अपनी पत्नी राधा को सौंप दिया है जिसे उन्होंने बड़े ही आदर और स्नेहसे गंगाजी द्वारा दिया गया उपहार मानते हुए अपने पुत्र के रूप में स्वीकार कर लिया है |राधा उसे अपना स्तन-पान भी कराने लगी है |"

पृथा - " यह क्या सखी, मेरी कंचुकी भी गीली हो रही है | हाय, मैं उसे एक बार भी अपने वक्षस्थल में नहीं लगा सकी | हे सदाशिव, उसकी रक्षा करना |"

प्रियंवदा - " राजकुमारीजी, अब आप उसे भूल जाइए |अपनी मानसिकता स्वस्थ बनाएं , इसी में कल्याण है |"

पृथा -" पर सखी , मेरे दुर्भाग्य ने उसे सूर्यपुत्र से सूतपुत्र बना दिया | वह अब जीवन भर नौकायन अथवा रथचालन ही करता रहेगा क्या?"

प्रियम्वदा – " नहीं, मुझे तो लगता है कि वह काल-चक्र की कोई धुरी के रूप में कहीं स्थापित न हो जावे | बहुत ही ऐतिहासिक घटनाक्रम में उसका जीवन गंगा-तट पर पोषित होकर पल्लवित-पुष्पित होरहा है | देखिये आगे क्या होगा?"

पृथा - (दीर्घ श्वास लेते हुए)- हाँ सखी, अब महादेव ही उसकी रक्षा करें |"

प्रियंवदा - "मैंने अपने उन दूतों को हर तीन-तीन माह में विभिन्न वेषों में वहां जाकर उस बालक का समाचार लाने के लिए निर्दिष्ट कर दिया है | अच्छा है न राजकुमारीजी ?" (मुस्कुराने लगती है)

पृथा - (किंचित मुस्कान भरकर)-" हाँ, जैसा तुम उचित समझो , करो | मेरा क्या ? मैं तो उसे भुलाने के लिए विवश ही हूँ | पर न जाने क्यों,किसी आशंका के भय से हृदय बार-बार कांपने लगता है | उस शिशु का अभिशाप भी तो लग सकता है | (अति कातर भाव से)- बता सखी, क्या मैं उसे कभी अपने वक्षस्थल से लगाकर अपने इस कृत्य का प्रायश्चित कर सकूंगी ? उससे कह सकूंगी कि मैंने किन परिस्थितियों में लोक-लज्जा के भय से उसका त्याग किया था , क्या मैं उसे कभी बता सकूंगी कि वह सूतपुत्र न होकर सूर्यपुत्र है ? अति तेजस्वी सूर्य की ही भांति -----(एक ओर लुढ़क जाती है)

प्रियंवदा - " राजकुमारीजी, आप आश्वस्त हों | समय स्वयं बहुत बड़ा मरहम होता है | वह सबकुछ ठीक कर देगा | आप उसे भाग्य की धरोहर ही बना रहने दें | ईश्वर उसका कल्याण करे , यही शुभकामना करते हुए आप उसे शुभाशीष देवें |"

पृथा - " हाँ,अब कुछ ऐसा ही करना होगा |"

[धीरे-धीरे यवनिका गिरती है]

෮

[द्वितीय - दृश्य]

(यवनिका उठती है | धीवरों एवं सूतों की बस्ती का दृश्य | घरों के सामने कहीं पालकी की सुधार क्रिया चल रही है तो कहीं रथों के चक्रों की धुरियाँ सुधार की जा रही हैं | दो-चार घोड़े भी एक-दो स्थानों में बंधे दिखाई दे रहे हैं | तभी चार अश्वारोही वणिकों की वेष-भूषा में पगड़ी बांधे हुए अश्वों से उतरकर एक दूसरे की ओर देखने लगते हैं)

एक अश्वारोही - (दौड़ते हुए आठ-दस वर्षीय एक बालक को रोकते हुए)- "क्यों भैये, अधिरथ सूत का कौन सा घर है?"

बालक - (रुकते हुए)- "क्यों, यही सामने वाला है।"

दूसरा - (बालक से ही)- हमें रथ का सुधार करवाना है, यहीं पास में टूट गया है। सुनते हैं कि अधिरथजी की इसमें दक्षता है।"

बालक- 'हाँ-हाँ, क्यों नहीं। वे हमारी बस्ती के मुखिया हैं। अरे, देखो न, उन्ही के घर से ही बच्चे बाहर निकल रहे हैं।" (दो बच्चे एक शिशु को गोद में उठाये हुए दिखाई देते हैं। शिशु का अत्यधिक तेजस्वी रूप चारो अश्वारोही देखते रह जाते हैं)

तीसरा - "यह शिशु इस बस्ती का नहीं है क्या?"

बालक - "नहीं यह यहीं का है। मुखियाजी का बेटा कर्ण।"

चौथा- "क्या कर्ण? इस शिशु का नाम कर्ण है?"

बालक- "बड़ा अद्भुत है यह। देखिये न, इसके कान कितने सुन्दर हैं। उनमें कुंडल ही बने हुए हैं, बहुत ही सुन्दर। इसीलिए इसका नाम कर्ण रखा है –हमारे मुखिया ने।"(तभी बच्चों के पीछे राधा घर के बाहर आती हुई अश्वारोही वणिकों को कुछ झिझकतीहुई प्रश्नवाचक दृष्टिसे देखती है)

पहला –(संकोच एवं विनम्रता पूर्वक)- भद्रे, क्या आप ही इस सुन्दर शिशु की जननी हैं?"

राधा – "हाँ, पर क्यों?" पहला-(झेंपते हुए)- "नहीं, बस ऐसे ही। हम वस्त्रों के व्यवसायी हैं। इन्हें इन बालकों को पहनाकर देखिये तो सही।" (विषयांतर करते हुए चारों अपनी झोलियों से पृथक-पृथक प्रकार के वस्त्र निकालकर फैला देते हैं– छोटे-छोटे अंगरखे–छोटी-छोटी धोतियाँ–छोटे दुपट्टे और छोटी पगड़ियां)

राधा -" नहीं श्रेष्ठिगण, हमें नहीं चाहिए, अभी ही मंगाए जा चुके हैं।"

दूसरा - "नहीं-नहीं, ऐसा कहते हुए हमें निराश न कीजिये। कुछ तो लेने ही होंगे।" (कहते हुए उसने एक पगड़ी शिशु के सिरपर पहना ही दी)

राधा - "नहीं-नहीं,रहने दीजिये, बस।"

तीसरा - " देखिये तो सही, इस शिशु को यह अंगरखा कितना उपयुक्त बैठ रहा है।" (शिशु के ऊपर वह अंगरखा रख देता है)

चौथा - " और यह धोती भी तो पहनाकर देखिये , शिशु का रूप निखर उठेगा। (फिर संयत होते हुए)- सभी बालकों के लिए रंग- बिरंगे वस्त्र हैं, सभी को पहनाकर देखिये न।"

राधा - "नहीं, अभी नहीं। मुखियाजी वन से रथों की लकड़ी लाने के लिए गए हुए हैं। उनकी अनुपस्थिति में क्रय उचित नहीं।"

चारो एक स्वर में -" कोई बात नहीं है। इनका मूल्य हम उनके आनेपर लेते रहेंगे। अभी तो आप इन वस्त्रों को रख लीजिये, बस। और फिर इस बहाने हमें पुनः आने का अवसर भी तो दीजिये।" (चारो एक दूसरे की ओर देखते हैं)

राधा - (अन्दर से दही व चिवरा लाकर देते हुए)- " लीजिये श्रेष्ठिगण, हमारा आतिथ्य ग्रहण कीजिये। हमारे पास तो यही दही- चिवरा ही है।"

पहला - (अपनी झोली से कुछ फल निकालकर बालकों को देते हुए)- " लो बच्चो, इन्हें लो। इस शिशु को भी खिलाओ। यह खिरनी है,बहुत ही मीठी है।"

(बच्चे झिझकते हुए फलों को लेकर आपस में बांटते हुए खाने लगते हैं। शिशु भी अपने दो दांतों से काट-काटकर खाता है। वे चारो भी अति प्रसन्न होते हुए दही-चिवरा खाने लगते हैं) [यवनिका गिरती है]

☙

[तृतीय-दृश्य]

(यवनिका उठती है। पूर्व की उसी धीवरों की बस्ती का दृश्य। प्रातः –कालीन बेला। चारो अश्वारोही व्यवसाइयों की वेष-भूषा में उतरकर अपने कन्धों पर एक दोमुंही थैली लटकाए हुए प्रवेश करते हैं)

पहला अश्वारोही - "अधिरथ जी हैं क्या?" राधा- "नहीं श्रेष्ठि जी, वे राज-प्रासाद की ओर गए हुए हैं। संभवतः महाराज कहीं रथयात्रा करने

वाले हैं |"

दूसरा - " अरे बालक गण कहाँ हैं ? हम उनके लिए मालव-राज्य के वस्त्र लाये हैं |

राधा - "सभी बाहर खेल रहे होंगे | वस्त्र तो अभी लेने की आवश्यकता ही नहीं है | फिर कभी लाइयेगा |"(एक ओर जाने लगती है)

तीसरा - "किन्तु हम बहुत ही आशा से आये हैं | व्यापार हमारा कर्म है | आपको अच्छे वस्त्र मिल जावेंगे और हमें किंचित लाभार्जन|"

राधा - (झल्लाते हुए)- " किन्तु निष्प्रयोजन क्रय क्या उचित होगा?"

चौथा - " भला निष्प्रयोजन कैसे? मालव-राज्य के रंग-बिरंगे वस्त्र, छोटी-छोटी पगड़ी- बालकों को अति रुचिकर रहेगी | मूल्य भी अपेक्षाकृत कम ही रहेगा | उपयोग करके देखिये तो |"

राधा - (शांत स्वर में)-आप लोग ही तो विगत तीन-चार माह पूर्व आभूषण लेकर आये थे , उन्हें तो लिया ही था|"

पहला - (उत्साह से)-" तो वे कैसे लगे?"

राधा - " चित्ताकर्षक अवश्य रहे |"(इतने में बालकों का एक समूह दौड़ता हुआ आता है \ उनके पीछे-पीछे एक डेढ़ वर्षीय अति आकर्षक शिशु भी डगमगाते पैरों से दौड़ता हुआ प्रवेश करता है | उसके घुंघराले बालों से पानी की बूँदें अभी भी टपक रहीं हैं | उसकी घुटनों तक बंधी हुई धोती पूर्णतया गीली है| व्यवसायी चारो श्रेष्ठ उसे देखते रह जाते हैं)

एक बालक - " काकी-काकी, देखो न यह करन उसीतरह गंगाजी में खड़ा सूर्य-भगवान् को ही देख रहा था एकटक | हमलोगों ने बहुत शोर किया तब भी इसका देखना बंद नहीं हुआ | फिर जब हम इसके ऊपर पानी उलीचने लगे तब इसने हमें देखा है ,तभी हम इसे पानी से निकालकर ले आये हैं |"

दूसरा व्यवसायी - (शिशु को पकड़कर चूमते हुए)- " तो ये सूर्य की ओर एकटक दृष्टि कर त्राटक कर रहे थे| बहुत ही प्रतापी है यह |"

(तीसरा शीघ्रता से अपनी झोली से कुछ वस्त्र निकालकर उसे पहनाने लगता है)

राधा - "अरे-अरे यह क्या? कर्ण के पास वस्त्र हैं, मैं अभी बदले देती हूँ, आप रहने दें |यह विगत एक सप्ताह से प्रातः उठते ही गंगाजी में छाती तक प्रवेश कर उगते सूर्य को एकटक देखते हुए खड़ा रहता है | बहुत ही भय लगने लगा है अब |"

चौथा - इस बालक की विचित्रता से हम मुग्ध हैं | यह हमारी ओर से भेंट है |" (एक वस्त्रों की पोटली राधा को दे देता है)

राधा - (अति संकोच से)- " ठीक है , इनका मूल्य?" चारों एक साथ- " च-च-च | यह तो भेंट है ,कोई मूल्य नहीं |"

(शिशु ज़रीदार कुर्ता और छोटी धोती पहने हुए अति आकर्षक दिखता है | तभी उसके सिर पर पीले रंग की पगड़ी भी वे बाँध देते हैं)

वृद्ध धीवर - (प्रवेश करते हुए)- "सुन्दर अति सुन्दर | कितना प्यारा लगता है यह कर्ण | (फिर व्यवसाइयों से)-आप लोग छोटे वस्त्र ही लाते हैं क्या? बड़ों के लिए नहीं|"

पहला - "नहीं, हमारे प्रतिष्ठान की विशिष्टता बाल-किशोरों तक ही सीमित है |" (सभी बालक लोलुप दृष्टि से कभी कर्ण को तो फिर कभी उन व्यवसाइयों की झोली को देखते हैं)

राधा - (संकोच के साथ)- अच्छा तो आप सभी बालकों के लिए भी वस्त्र दे दीजिये |"

चारो - (अति प्रसन्नता के साथ अपनी-अपनी झोली पलटते हुए)- " यह रखिये, सभी बालकों के लिए रुचिकर रहेगा |

(सभी बालक प्रसन्नता से चीख पड़ते हैं | कर्ण चुपचाप कभी अपने वस्त्रों को और कभी उन व्यवसाइयों की ओर ताकता खड़ा रहा आता है)

राधा - (संकोच से)- "इनका मूल्य क्या होगा?"

पहला - " आप रहने दें,हम जब दुबारा आयेंगे, तो अधिरथ जी से इनका मूल्य प्राप्त कर लेंगे | राधा- " यह उधार उचित नहीं |"

दूसरा - (वृद्ध की ओर देखते हुए प्रार्थना के स्वर में)- अब आपही इन्हें समझाइये | इसी बहाने हमें दुबारा भी तो कुछ विक्रय करने का अवसर मिलेगा |

(राधा से) - फिर अधिरथ जी अनुपस्थित भी तो हैं | ऐसे में मूल्यों का विनिश्चय उचित नहीं |सबलोग पहले उपभोग कर संतुष्टि तो प्राप्त

कर लेवें |" (चारों कर्ण को उठाकर चूमते हैं पश्चात उस वृद्ध से आज्ञा लेकर चल देते हैं | यवनिका गिरती है)

❦

[चतुर्थ-दृश्य]

(राज-प्रासाद के अंतरंगी भाग में स्थित राजकुमारी पृथा के कक्ष का दृश्य| वे किसी चिंता में मग्न दृष्टिगत हो रहीं हैं)

प्रियंवदा - (प्रवेश करते हुए)- " राजकुमारीजी की जय हो | अब तो सब मंगल ही मंगल है |"

पृथा - " कैसा मंगल?"

प्रियंवदा - " राजकुमारीजी,आप बन रहीं हैं | क्या आपको पटा नहीं कि आपका विवाह हस्तिनापुर के युवराज पांडु से होना सुनिश्चित हो गया है संभवतया अगले ही पक्ष में ---|"(मुस्कराते हुए चुप हो जाती है)

पृथा - (किंचित लज्जा पूर्वक)- " चल हट, तुझे यह नहीं लगता कि मैं तुम सभी से दूर हो जाऊंगी |(अचानक चिंतातुर हो)-फिर मुझे उसका समाचार भी दुर्लभ हो जावेगा |"

प्रियंवदा - (मुस्काते हुए)- " किसका समाचार ?"

पृथा - " मेरे तरसते आँचल की उस सूखी बूँद का जो दूरस्थ किसी अन्य के आँचल की ओर तकता होगा|"

प्रियंवदा - "हाँ राजकुमारीजी, उस बालक की विलक्षणता का नवीन समाचार सुनकर आप अपनी प्रसन्नता रोक न सकेंगी |"

पृथा - (अति उत्सुक होते हुए)-"क्या? कैसा समाचार?"

प्रियंवदा - " अभी समाचार ज्ञात हुआ है कि वह बालक – कर्ण कुछ दिनों से प्रातः ही उठ चुपचाप गंगा में प्रवेशकर उदित होते हुए सूर्य को प्रणाम करता है और अपलक दृष्टि से सूर्य के बिम्ब को ताकता रहता है | इसे सूर्य-त्राटक माना जा रहा है |"

पृथा - (आश्चर्य से)- "इतनी अल्पायु में ही ?"

प्रियम्वदा - " यही तो विलक्षणता है |"

पृथा - (चिंतातुर हो)- पर सखी, आगे क्या होगा? (अचानक आतुरता एवं विनय के स्वर में)- सखी,क्या तुम मेरे साथ हस्तिनापुर चल सकोगी?"

प्रियंवदा - (हँसते हुए)-" अच्छा तो अभी से विवाह की इतनी आतुरता हो रही है | तैयारियां प्रारम्भ-----"

पृथा - (बात काटते हुए)-" नहीं सखी, इसे आतुरता नहीं, विवशता कहो | मैं चाहती हूँ कि मेरे जीवन के रहस्यों को समेटे हुए तुम मेरे साथ ही रहो, आजीवन सखी के रूप में| अपने साथ अपने उन विश्वस्त सैनिक- चरों को भी रखो ताकि मैं सदैव अपने उस रहस्य को अपने आँचल की छोर में बांधे रख सकूं , हाँ,सदैव ही | चलोगी न सखी, मेरे साथ |" (आँखें भरकर वह जोरों से उसका हाथ पकड़ लेती है)

प्रियंवदा - (किंचित सोचते हुए)-" ठीक है राजकुमारीजी, मैं अब अपना जीवन आपको ही सौंपती हूँ , जैसा चाहें वैसा बनावें |"

पृथा - (अति प्रसन्न हो अपने अंक में भरते हुए)- " बहुत बड़ा त्याग होगा यह– तुम्हारा सखी| मैं आजीवन तुम्हारी आभारी रहूंगी| रहा प्रश्न तुम्हारे भाग्य का, तो वह किसीको सौंपा नहीं जा सकता है , वह तो केवल तुम्हारा है , तुम्हारा रहेगा | त्याग से सना कर्म उसे उत्तरोत्तर प्रगति देगा | महेश्वर तुम्हारे सहायक रहेंगे |"

(इतने में कई दासियाँ दौड़ती हुई कक्ष में प्रवेश करती हैं)

दासियाँ - (सम्मिलित स्वर में)- "राजकुमारीजी की जय हो –जय हो | विवाह की तिथि नियत हो चुकी है | अगले पक्ष में शिवरात्रि को |"

प्रियंवदा - "बधाई हो राजकुमारीजी, बधाई हो |"

पृथा - (किंचित आर्द्र स्वर में)-" तो सखी, चलो | अब भाग्य की तरंगों के बीच अपने हाथ फैलाएं और अपना मार्ग निकालें |"

प्रियंवदा - (गंभीर भाव लिये)- जो आज्ञा राजकुमारीजी |"
(यवनिका गिरती है)

[पंचम - दृश्य]

(यवनिका उठती है | हस्तिनापुर के राजप्रासाद के अंतरंगी भाग में स्थित अत्यंत सुसज्जित कक्ष का दृश्य | चारों ओर दासियाँ कार्य-निमग्न दृष्टिगोचर हैं | रत्न-जटित पर्यंक में वधू-वेष में वस्त्राभूषणों से सुसज्जित पृथा अधलेटी है | कुछ दासियाँ व्यंजन व चंवर डुला रही हैं | इतने में अच्छे वस्त्रों एवं रत्नाभूषणों से लदी हुई प्रियंवदा का प्रवेश)

प्रियंवदा - " आयुष्मती कुन्तिभोज पुत्री युवराज्ञी पृथा की जय हो | (खिलखिलाते हुए)- अब तो इस नवीन वैभव-युक्त परिवेश ने मालव-देश तो क्या महाराज कुन्तिभोज को भी भुलाना प्रारम्भ कर दिया होगा | अब सब कुछ भूल रही होंगी-भावी महारानी हस्तिनापुर |"

पृथा - " नहीं सखी, भला ऐसा कभी हो सकता है कि पुत्री अपने पितृवंश को- उस मिट्टी को-भुला दे, जहां उसका जीवन पालित- पोषित हुआ है | उस मिट्टी की सुगंध तो मेरे प्रत्येक रोयें में व्याप्त है , वह सदैव बनी रहेगी |"

प्रियंवदा - " पर युवराज्ञी जी , अगले ही पखवारे आप महारानी हस्तिनापुर का पद सुशोभित करने जा रहीं हैं| सिंहासन पर बैठते ही वर्तमान एवं भविष्य की ओर ही आपकी दृष्टि लगी रहेगी | तब भला, अतीत कहाँ स्मृत रह सकेगा? और फिर प्रत्येक कन्या को विवाह पश्चात यह सब भुलाना ही तो पड़ता है|"

पृथा - " हां सखी,यही तो पुत्रियों की नियति है| पर क्या सब कुछ वस्तुतः भुलाया जा सकता है? संभवतः नहीं|"(अचानक आँखें गीली हो जाती हैं)

प्रियंवदा - (घबराते हुए)- क्या हुआ युवराज्ञी जी ? (सभी दासियाँ अस्त-व्यस्त हो उठती हैं| प्रियंवदा के संकेत से एक दासी चांदी के गिलास में पानी लाकर देती है)लीजिये पानी पीकर आश्वस्त हो जाइए |"

पृथा - " नहीं सखी, इसकी आवश्यकता नहीं है | महाराजश्री का दुलार भरा संबोधन याद आया-'कुंती'-महाराज कुन्तिभोज की दुलारी बेटी-कुंती | पता नहीं पिताश्री महाराज अब किस स्थिति में हैं?"

प्रियंवदा - पूर्ण स्वस्थ एवं सानंद हैं | कल ही संध्या में वे चारो दूत सैनिक मेरे पास आ गए हैं | उन्ही से सारे समाचार अवगत हुए हैं |

पृथा - (अति पुलकित हो)-सखी, और भी कोई समाचार लाये हैं क्या? (अचानक संकोच में पड जाती है | फिर विषय परिवर्तन करते हुए) अब मुझे ' कुंती 'यह नाम ही अत्याधिक प्यारा लगने लगा है | राजकुमारी पृथाका यह नाम मुझे महराजकी स्मृति भी दिलाता रहेगा तथा परिवर्तित स्थिति का भी बोध कराता रहेगा |"

प्रियंवदा - (उल्लास पूर्वक)-"हां, सत्य है , युवराज़ी कुंती |"

पृथा - (अन्य दासियों की ओर देखकर)-"हमें एकांत चाहिए| (सभी दासियाँ बाहर निकल जाती हैं)- हाँ अब बताओ, तुम्हे उस अविस्मर्णीय का क्या समाचार ज्ञात हुआ है ?"

प्रियम्वदा - (हँसते हुए)- "अधीर न हों | वह पूर्णतया स्वस्थ है | चारों दूत विगत सप्ताह ही उससे मिल कर आये हैं | वह अन्य बच्चों की भांति सबके साथ न खेलकर रथ के पहियों के बीच खेलता है | बन रहे रथ की धुरी में अपना हाथ डाले हुए खिखिलाता रहता है | एक छोटा -सा धनुष लेकर उसमें प्रत्यंचा चढ़ाना और खींचना उसका प्रिय खेल है | सभी आश्चर्य चकित हैं कि यह बालक तो अभी से ही धनुष-धारी बन रहा है | एक बात और भी ज्ञात हुई है कि उसके वक्षस्थल में एक कठोर परत–सी चढ़ी हुई है| दूर से देखने पर कवच बांधे होने का भ्रम हो जाता है| स्वयं दूतों ने वस्त्र बदलने के बहाने देखा भी है | लगता है- जन्म से ही कवच-कुंडल धारी कोई योद्धा है यह बालक |"

पृथा - (एक दीर्घ निश्वास लेते हुए)-" सो तो होगा ही | योद्धा बालक , सूर्य-त्राटक करनेवाला योगी भी | पर सखी, यह तो बतला कि क्या मैं कभी उसका मुख देख सकूंगी ? यदि अपनी गोद में लेकर उसका दुलार न भी कर सकूं , तो निकट से उसे देख तो लूं , और यदि यह भी संभव न हो तो दूर से ही सही -----हे नारायण, हे सदाशिव |"

प्रियंवदा- (आश्वस्त करते हुए)- " अब सब कुछ नियति के हाथों सौंपते हुए उसे भुला देना ही उचित होगा,युवराज़ी जी | वर्तमान का बोध करें –राज-मर्यादा का ध्यान रखें | आश्वस्त हों , भावी महारानी हस्तिनापुर | (छेड़ते हुए शरारती स्वर में)-और फिर अबतो अपना भी

राजकुमार होगा – उसके भविष्य की तो चिंता करनी ही पड़ेगी |"

पृथा - (निराशा के स्वर में)- नहीं सखी, अब वह कुछ भी न हो सकेगा | तुम्हे क्या बताऊँ, राज-मर्यादा में बंध गई हूँ | लगता है उस अबोध का जल-प्रवाह मेरे जीवन के भविष्य को अभिशप्त कर चुका है | अब राज- कुमार की कल्पना कच्ची रेत की दीवार सी है | (आँखें भर आती हैं) यह असंभव है प्रियंवदा सखी , असंभव|" (फूट पड़ती है)

प्रियम्वदा - (चिंतातुर हो)-"ऐसा क्यों युवराज़ीजी? अभी से निराश न हों | अभी समय ही कितना बीता है?"

पृथा - (रुंधे गले से)- "नहीं सखी, न जाने क्यों मेरी अंतरात्मा मुझसे बार-बार चीख-चीखकर कह रही है कि तुम युवराज से पुत्र प्राप्त न कर सकोगी |"

प्रियम्वदा - " ऐसा आपका भ्रम है , युवराज़ी जी | आप नारायण की उपासना करें , सब ठीक होगा | आपका कल्याण हो | अब आप विश्राम करें |"(बाहर निकल जाती है |यवनिका गिरती है |)

❧

[षष्ठम – दृश्य]

(यवनिका उठती है | कुंती महारानी अति साज-सज्जा से युक्त एक सुनहले पर्यंक पर बैठी हुई हैं | चार दासियाँ हाथ में बड़े-बड़े पंखे लिए झल रहीं हैं| एक दासी चांदी की थाल में इत्र का पात्र रखे हुए चारों ओर बिखेरती रहती है | इतने में प्रियंवदा मुस्कुराते हुए प्रवेश करती है)

प्रियंवदा - " महारानी की जय हो | अबतो राजकार्य में आप बहुत व्यस्त रहने लगी हैं | सुना है, महाराज स्वयं तो इस ओर से उदासीन हैं |"

कुंती - "नहीं प्रियंवदा, महाराज आखेट में अधिक रूचि रखते हैं | वे सुदूर गहन वनों में अधिकाधिक समय आखेट करते रहना चाहते हैं | वस्तुतः राजकार्य तो बड़े भ्रातःश्री ही संभाल रहे हैं| मुझे भी तो महाराज की सेवा में उनके साथ वनों के शिविरों में ही रहना पडेगा |"

प्रियंवदा - " फिर मेरे दायित्व का निर्वाह तो अति दुष्कर हो जावेगा |"

कुंती - (अपनी दासियोंकी ओर देखकर)-" हमें एकांत चाहिए|(चारों दासियों के अन्दर चले जाने पर)-हाँ, तो प्रियंवदा, लगभग एक वर्ष हो आये हैं, उसका कोई समाचार नहीं मिल सका है |"

प्रियंवदा - क्षमा करें, महारानीजी, मेरे दूत तो तीन-चार माह में वहां वेष बदलकर जाते ही रहते हैं | पर इस समय वह बालक- क्या नाम रखा गया है?" (चेहरे पर शरारत भरी मुस्कान समेटे हुए सोचने लगती है)

कुंती - " कर्ण, क्यों सताती हो सखी, | उसका नाम तो मेरे पोर-पोर में बस चुका है | अब आँखें उसे देखने के लिए व्यग्र हैं | मेरा वक्षस्थल उसे पकड़कर जकड़ने के लिए अति उत्साही है, पर यह संभव कहाँ? यह मेरा आँचल क्या कभी उसे ढँक सकेगा? बता सखी, मैं उसे देखने के लिए बेचैन हूँ| हाँ तो शीघ्रता से बता –वह क्या कर रहा है-इस समय ?"

प्रियंवदा - " ज्ञात हुआ है कि वह कहीं किसी गुरूकुल में अध्ययन के लिए गया हुआ है | इस समय अध्ययन शील है | अधिरथ जी ने उसे उचित शिक्षा-दीक्षा दिलाने का निर्णय लिया है |"

कुंती - " बहुत सुन्दर| मैं यही सोचकर डरती रहती थी कि कहीं वह अन्य बच्चों की भांति शिक्षा से वंचित रहकर रथ निर्माण एवं रथ-चालन में ही अपना जीवन न खपा दे | इस समाचार से मुझे अति प्रसन्नता हुई |"

प्रियंवदा - " महारानीजी,यदि आप महाराज के साथ शिविर में रहेंगी , तो फिर मैं आपको कैसे सन्देश दे सकूंगी ?"

कुंती - " हाँ, अब तुम्हे अपने पति का भी ध्यान रखना है| यह निश्चित है कि तुम अब मेरे साथ शिविरमें न जा सकोगी| परन्तु कोई न कोई मार्ग तो निकालना ही पडेगा |"

प्रियंवदा - (लज्जा के भाव से)- " जी महारानी जी, अब मेरे दायित्वों में वृद्धि होती ही जा रही है |"

कुंती - (अचानक विस्मय भरे स्वर में)- " अरे हाँ सखी, यह तो बता कि क्या उन दूतों को मेरे इस रहस्य का ज्ञान है ?"

प्रियंवदा - " च-च –च | यह कैसे हो सकता है ? आपको यह संदेह कैसे हुआ महारानी जी ?"

कुंती - " फिर उन्हें उस बालक से संबंधों के बारे में क्या बता रखा है ?"

प्रियंवदा - " आप निश्चिंत रहें | उन दूतों को अधिकाधिक भ्रम होगा भी तो वे मेरे विषय में ही सोच सकते हैं , परन्तु आपके विषय में कदापि नहीं | अच्छा तो अब मुझे आज्ञा दें , अगले सप्ताह तक दूत पुनः जा रहे हैं | देखिये क्या समाचार लाते हैं? वैसे सब कुशल-क्षेम ही है | सदाशिव उस बालक का मंगल करेंगे |" (प्रणाम कर चल देती है | यवनिका गिरती है)

❧

[सप्तम – दृश्य]

(यवनिका उठती है| दुर्गम वन के बीच एक शिविर का दृश्य | महारानी कुंती एक कक्षमें अन्यमनस्क भाव से इधर-उधर आती-जाती दिखाई देती हैं | वे किसी चिंता में निमग्न हैं)

दासी - (प्रवेश करते हुए)- "महारानीजी की जय हो | आज आप किंचित चिंता-मग्न सी हैं |"

कुंती - " हाँ, आज मन उद्विग्न है | हस्तिनापुर राजप्रासाद में ज्येष्ठ महाराज व ज्येष्ठा महारानी के विषय में सोच रही थी | यहाँ वन की छटा देखने का आनंद यद्यपि राजप्रासाद के वैभव को पीछे धकेल रहा है तथापि परिवर्तन की इच्छा बलवती हो रही है |"

दासी - " क्या महाराज के समक्ष आपने अपनी इच्छा व्यक्त क्र दी है?"

कुंती - " नहीं, अभी तक तो नहीं| (गहरा निश्वास छोड़ते हुए)- या यों कहें कि समय ही नहीं मिला |"

दासी - " हाँ,यह तो है | महाराज प्रातःकाल ही आखेट पर निकल जाते हैं तथा देर रात्रि में ही वापस लौटते हैं |"

कुंती - (पुनः गहरी सांस लेते हुए)- " थके-हारे महाराज के समक्ष अपनी कोई बात प्रस्तुत करने का अवसर ही नहीं मिलता | वे अपने आखेट की ही चर्चा करते-करते सो जाते हैं | फिर प्रातःकाल उठकर पुनः आखेट के लिए प्रस्थान | बस-|"

दासी - (कुछ सोचते हुए)- पर महाराज अपने उत्तरदायित्वों को क्यों भुला रहे हैं ? क्षमा कीजिये , महारानीजी, अथवा वे अपनी व्यस्तता बनाए रखना चाह रहे हैं |"

कुंती - " यही प्रश्न तो मेरे सामने भी है जो मेरे मनोमालिन्य को मथ रहा है | (कुछ क्षण रुकते हुए)- इसीलिए तो मैं अब स्थान -परिवर्तन की इच्छुक हो रही हूँ |हस्तिनापुर जाने की इच्छा प्रबलतर होती जा रही है|"
(धीरे-धीरे यवनिका गिरती है)

෮ ෬

[अष्टम – दृश्य]

(यवनिका उठती है | महारानी कुंती राजप्रासाद में प्रियंवदा के साथ एक कक्ष में दृष्टिगत होती हैं |कुछ दासियाँ भी आती -जाती दिखाई देती हैं)

कुंती - (दासियों को हाथ से जाने का संकेत देते हुए)-" हमें एकांत चाहिए |(दासियों के प्रस्थान पश्चात प्रियंवदा से)-सखी,बहुत दिन हो गए, तुमसे कुछ आत्मीय-चर्चा नहीं हो सकी | आज अवसर मिला है जब महाराज ने मुझे शिविर से यहाँ आने की आज्ञा दी |"

प्रियंवदा - (मुस्कुराते हुए)- मैं भी बहुत आतुर एवं व्यग्र थी आपसे चर्चा के लिए | आपको यह ज्ञात हो ही गया होगा कि ज्येष्ठा महारानी गर्भ से हैं |"

कुंती - (किंचित निश्वास लेते हुए)- " बहुत प्रसन्नता का विषय है | मैं कुछ क्षण पश्चात उनके दर्शन हेतु जाने ही वाली हूँ , उनके गर्भाधान पर शुभकामना देने |"

प्रियंवदा - परन्तु महारानीजी, इस सम्बन्ध में आपकी क्या स्थिति है ?" क्या भावी महाराज ज्येष्ठा गांधारी की ही संतति होगी ?"

कुंती - " यह तो अत्युत्तम होगा | ज्येष्ठ महाराज के अंधत्व की अपात्रता का निवारण उनका ज्येष्ठ पुत्र कर सकेगा |"

प्रियंवदा - " पर आप अपनी स्थिति स्पष्ट नहीं कर रहीं हैं |"

कुंती - (गहरी साँस लेते हुए)- " क्या बताऊँ सखी, महाराज संतति उत्पन्न करने के योग्य –(सहसा रुक जाती है)

प्रियंवदा - (आश्चर्य से)-" क्या ? क्या महाराज पांडु संतान उत्पन्न करने के योग्य नहीं हैं ?"

कुंती - (दुःख भरे भाव से)- " हाँ,सखी, उन्होंने स्पष्ट भी कर दिया है तथा यह भी बतलाया है कि ज्येष्ठा गांधारी की संतान ही राज्याधिकारी बनेगी |"

प्रियंवदा - "भला ऐसा क्यों? (कुछ सोचते हुए)-संभवतः ऋषि-प्रवर दुर्वासाजी की मन्त्र-सिद्धि इसी भविष्य-दर्शन के आधार पर ही नियत की गई है | क्या आप भूल गईं ? आप महाराज की आज्ञा लेकर क्यों नहीं संतान उत्पन्न कर लेतीं हैं?राज्य का उत्तराधिकारी आपकेही गर्भसे क्यों न हो?"

कुंती - " हाँ,मैं उस मन्त्र-सिद्धि को भुला ही बैठी थी | वास्तविकता यह हैकि मैं साहस ही नहीं जुटा पाती हूँ– महाराजसे इस तथ्य को उद्घाटित कर पाने का | प्रथम परीक्षण अभी तक हृदय में शूल की भांति चुभ रहा है | (विषयांतर करते हुए)- अरे हाँ, यह तो बताओ कि उसके विषय में कुछ नवीन समाचार ज्ञात हो सके हैं क्या?"

प्रियम्वदा - "हाँ-हाँ, क्यों नहीं | ज्ञात हुआ है कि इस समय वह आचार्य परशुरामजी से धनुर्विद्या सीखने गया हुआ है | उनके आश्रम से अग्रिम सूचना अप्राप्त है , जो असंभव भी है | अतः अब सूचना में अंतराल आ जावेगा |"

कुंती - " सदाशिव उसकी रक्षा करें| जहां कहीं रहे, स्वस्थ एवं सानंद रहे | यही मेरी कामना है |"

प्रियंवदा -"आप निश्चिन्त रहें, उसका सदैव मंगल होगा|वह सूर्य की भांति ही जगत में देदीप्यमान होता रहेगा | परन्तु आप शीघ्र ही महाराज की आज्ञा लेकर मन्त्र-सिद्धि से अपनी संतान उत्पन्न करें| यह मेरी प्रार्थना है , साथ ही सखी होने के नाते परामर्श भी |"

(धीरे-धीरे यवनिका गिरती है)

[तृतीय – अंक]

[प्रथम - दृश्य]

(यवनिका उठती है | राजकुमारों के दीक्षांत- समारोह का स्थल | समक्ष एक मंच में महारानी कुंती,गांधारी, विदुर-पत्नी आदि राज्य की महिलाएं बैठी हुई हैं | दूसरे एक भव्य मंच में महाराज धृतराष्ट्र विदुर एवं कृपा-चार्य के साथ विराजमान हैं |आचार्य द्रोण अपने एकसौ पांच शिष्य-राजकुमारों से घिरे हुए हैं| कुछ सुरक्षाकर्मी भी यत्र-तत्र विचारानशील हैं | अर्जुन अपना धनुष खींचे हुए चारों ओर घूमता दृष्टिगत होता है)

गुरु द्रोणाचार्य - (घोषणा के स्वर में)- "इस समारोह में सर्वश्रेष्ठ धनुर्धर अर्जुन को ---"

कर्ण - (धनुष लिये प्रवेश करते हुए)-"ठहरिये –ठहरिये |(प्रत्यंचा चढाते हुए)-सर्वश्रेष्ठ कैसे ? इसका निर्णय इतनी शीघ्रता में नहीं ,कदापि नहीं | सर्वश्रेष्ठ धनुर्धारी की घोषणा के पूर्व इसका विनिश्चय मेरे साथ धनुर्कौशल के प्रदर्शन के पश्चात ही होगा |"

(शोर उठता है| सभी महिलायें उठ-उठकर उस वीर की ओर देखने लगती हैं|अचानक ही एक स्वर बड़ी तीव्रता से गुंजायमान हो उठता है)

सामूहिक स्वर - " यहाँ यह सूतपुत्र कैसे ?"

कुंती - (स्वगत)-" क्या सूतपुत्र? (उचककर देखने लगती है | उस धनुर्धारी वीर के बढ़ते कदम एवं धनुष पर प्रत्यंचा चढाते हुए हाथ –रुक

जाते हैं)

गुरु द्रोणाचार्य - "नहीं, यह संभव नहीं| यह राजकुमारों की योग्यता का प्रदर्शन है जिसमें सर्वश्रेष्ठ धनुर्धारी अर्जुन को ही घोषित किया जाना उचित होगा |"

दुर्योधन - " परन्तु गुरुवर , सर्वश्रेष्ठ नहीं | इस धनुर्धारी वीर को भी अपने पराक्रम के प्रदर्शन का अवसर दिया जाना अनुचित नहीं होगा |"

गुरु द्रोणाचार्य - " नहीं, यह असंभव है |"

दुर्योधन - "यदि सूतपुत्र होने के कारण ही अयोग्यता है तो मैं इसे अपना अंग-देश का राज्य सौंपने की घोषणा करता हूँ |"

(कर्ण के गले में स्वर्ण की एक माला डालते हुए जय-घोष करता है)

सभी कुरु-पुत्र - (समवेत स्वर में) – "अंगराज की जय हो |"

दुर्योधन - " और अब तो अंगराज को अपने युद्ध-कौशल के प्रदर्शन करने का अवसर दिया जाना उचित होगा , जिससे यह निर्णय लिया जा सके कि अर्जुन श्रेष्ठ है या नहीं |"

सभी कुरुपुत्र - (सम्मिलित स्वर में)- "अवश्य-अवश्य |" (धनुर्धारी वीर कर्ण आगे बढ़कर धनुष में प्रत्यंचा चढाने लगता है | तभी महारानी कुंती अचानक मूर्छित होकर अपनी आसंदी में ही एक ओर लुढ़क जाती हैं | मंच में शोर उभर आता है)

कर्ण - (ऊपर मंच की ओर दृष्टि उठाते हुए)-[स्वगत]-" क्या कारण हो सकता है ? संभवतः ये अर्जुन की माताश्री होंगी जिन्हें किसी आशंका ने मूर्छित कर दिया है |(आगे बढ़ते हुए)-तो अर्जुन सर्वप्रथम तुम बाण का संधान करो |"

गुरु द्रोणाचार्य - (सामने बढ़कर अर्जुन को रोकते हुए)-" नहीं यह नहीं होगा| यह दीक्षांत समारोह है, जिसके भागीदार मात्र एकसौ पांच राज कुमार ही हैं | इनमें अर्जुन को सर्वश्रेष्ठ धनुर्धर घोषित किया जाता है|"

कर्ण - " ठीक है, फिर कभी अवसर मिलने पर इसका विनिश्चय किया जा सकेगा |"

दुर्योधन - (कर्ण को छाती से लगाते हुए)- " अवश्य-अवश्य | अब तुम मेरे मित्र हो गए हो | अतः अब तुम मेरे साथ ही यहीं रहोगे सखे |"

कर्ण- " जैसा चाहें, मैं आपके इस ऋण-भार से दब चुका हूँ ,कुमार |"

(सभी कुरुपुत्रों के साथ कर्ण एक ओर जाते दिखाई देते हैं| यवनिका गिरती है)

❧

[द्वितीय - दृश्य]

(यवनिका शीघ्र ही उठती है | महारानी कुंती अब स्वस्थ होकर अपने पर्यंक में लेटी हुई हैं | परन्तु चिंता की रेखाएं उनके ललाट पर स्पष्ट रूप से दिख रहीं हैं |दासियाँ परिचर्या-रत हैं)

प्रियंवदा - " महारानीजी यह क्या? आप इतनी चिंतित क्यों हो रहीं हैं?"

कुंती - " क्या तुम्हे कुछ नहीं दिख रहा है, प्रियंवदा? भविष्य कितनी आशंकाओं से भरा हुआ मुझे स्पष्ट दिखाई दे रहा है |(फिर अपनी दासियों की ओर मुड़कर)- एकांत चाहिए |"(सभी दासियों का प्रस्थान)

प्रियंवदा - "हाँ,यह तो है महारानीजी, आज जो कुछ हुआ उससे अनिष्ट की आशंका स्वाभाविक है |परन्तु आपको तो प्रसन्न होना चाहिए कि आपने पहली बार उसे देखा तो , जिसके लिए आप सदैव लालायित थीं |"

कुंती - " हाँ यह तो हुआ, पर झंझावात-सा | मुझे लगा, जैसे किसी लहरों के आवर्त ने मुझे फंसा लिया हो और मैं विवश होकर असहाय-सी किंकर्तव्यविमूढ़ता की स्थिति में डूबती जा रही हूँ , अथाह गहराइयों में धंसती जा रही हूँ | जी घबरा रहा है , प्रियंवदा |"

प्रियम्वदा - " नहीं, ऐसा नहीं | आश्वस्त हों महारानीजी| सदाशिव कल्याण करेंगे |"

कुंती - " कहीं यह मेरे कुकर्मों का अभिशाप तो नहीं है प्रियंवदा , कि मैं उसे देखकर भी आनंदित न हो सकी |एक क्षण तो लगा कि सूतपुत्र के संबोधन में मैं उठकर घोषणा कर दूं कि नहीं,उसे सूर्यपुत्र कहें, पर मेरे अभिशाप ने मेरे होठों को सिल दिया | मैं मात्र दर्शक रही आई | पर यह

तो बता प्रियम्वदा , कि सहोदरों में बढ़ रही यह प्रतिद्वंदिता मेरी मूक सहमति से कहीं ज्वाला बनकर धधक तो न उठेगी ? न जाने क्यों मुझे भय लगने लगा है , उसकी मात्र एक झलक देखकर ही |(आँखें बंद कर लेती है | फिर कुछ क्षण उपरांत)- हे सदाशिव महेश्वर रक्षा करो-रक्षा करो |"

(यवनिका गिरती है)

◑⊘

[तृतीय - दृश्य]

(यवनिका उठती है| युद्ध प्रारम्भ हो चुका है |सायंकालीन बेला |कुंती चिंतित मुद्रा में एकांत कक्ष में चुपचाप लेटी हुई हैं)

प्रियंवदा - (प्रवेश करते हुए)- "महारानी-महारानीजी , आज युद्ध में ______"

कुंती - (उठते हुए)- " चुप कर प्रियम्वदा, मैंने कई बार कहा कि मुझे अब महारानी का संबोधन अच्छा नहीं लगता | इससे तुम मेरे अतीत को क्यों कुरेद देती हो ?"

प्रियंवदा - " मेरे लिए तो आप वही हैं, राजकुमारी पृथा-फिर महारानी कुंती और अब हो रहीं राजमाता | हाँ तो मैं यह कह रही थी कि आज युद्ध में गुरुवर द्रोण का निधन हो चुका है |"

कुंती - " अरे, कैसे ? किसने मारा है उन्हें |"

प्रियंवदा - "राजकुमार धृष्टद्युम्न ने उनका सिर तलवार से काट दियाहै |"

कुंती - " अरे , आश्चर्य है | कुछ विस्तार से बताओ | अब नए सेनापति कौन बन रहे हैं ?"

प्रियंवदा - " गुरुवर रथ से उतरकर पुत्र-शोक में धरती पर बैठ गए थे तभी राजकुमार धृष्टद्युम्न ने ------और अब, भावी सेनापति कर्ण के ही बनने की सूचना है | वे ही कल कौरव-सेना का संचालन करेंगे |"

कुंती - " बस इसी का तो मुझे भय था|मैं वर्षों से इस घड़ी को टालने के लिए महेश्वर से प्रार्थना करती रही हूँ | पर बही हो रहा है , जिससे मैं अत्यधिक भयभीत हो रही हूँ | कर्ण एवं अर्जुन का निश्चित ही भयंकर युद्ध होगा, तब पता नहीं कौन-----?"

प्रियंवदा - "भवितब्यता को कौन टाल सकता है ?"

कुंती - " मुझे सम्हालो सखी, मैं गिर रही हूँ |(प्रियंवदा सम्हालकर लिटा देती है)-हे महेश्वर क्या ऐसा हो सकता है कि प्रातः होने के पूर्व मेरे ही प्राण चले जावें |मैं कैसे सुन सकूंगी – दोनों सहोदरों के बीच युद्ध व उसका परिणाम ?हे वासुदेव कृष्ण, तुम क्यों नहीं इसका निराकरण खोजते हो ? पर क्यों खोजोगे? तुमने तो मात्र अर्जुन की रक्षा का दायित्व ग्रहण किया है , फिर उसके अग्रज का क्या होगा ? हे कृष्ण, अब तुम ही इसका समाधान खोजो | हे वासुदेव-हे कृष्ण | (बुदबुदाती हुई अचेत हो जाती हैं| प्रियंवदा उनके मुख पर जल की बूँदें छिड़कती है | तभी श्रीकृष्ण प्रवेश करते हैं)

श्रीकृष्ण - " पूज्यनीया बुआश्री, आप चेतनावस्था में आ जावें | आपको एक महत-कार्य करना है बुआश्री|"

कुंती - (आँखें खोलते हुए)- अरे वासुदेव कृष्ण, अरे बेटा , मैं अभी तुम्हारा ही स्मरण कर रही थी | तुम्ही मेरे कष्ट का – मेरी असीम वेदना का- निवारण कर सकते हो |"

प्रियंवदा - "प्रणाम वासुदेवजी,(फिर कुंती की ओर देखते हुए)- अब मुझे आज्ञा देवें , मैं चलूँ |" (बाहर निकल जाती है)

श्रीकृष्ण - " बोलिए तो बुआश्री, आपको क्या कष्ट है ?आपको तो प्रसन्न होना चाहिए कि पांडवों की निरंतर विजय होती चली जा रही है |कुरुदल के दूसरे स्तम्भ को भी आज धराशायी किया जा चुका है , और कल-तीसरे का भी पतन--- -

कुंती - (बीच में ही)-" नहीं बेटे, ऐसा न कहो | इसके पूर्व मैं अपने प्राण त्याग करना चाह रही हूँ |"

श्रीकृष्ण - " पर ऐसा क्यों बुआश्री ?"

कुंती - " तुम सर्वज्ञ होते हुए भी अज्ञान क्यों बन रहे हो , वासुदेव? क्या तुम्हे यह पता नहीं कि कर्ण वस्तुतः कौन है ?"

श्रीकृष्ण - (हँसते हुए)- " इसीलिए तो मैं एक अज्ञात पुत्र से उसकी माता को मिलाने का प्रस्ताव लेकर आया हूँ , बुआश्री |"

कुंती -" मिलाने का ---- प्रस्ताव--- भला कैसे ?"

श्रीकृष्ण - "आज रात्रि में आप कर्ण से मिलने उसके शिविर में जावेंगी | उन्हें सर्वप्रथम आप पूर्व के रहस्यों को उद्घाटित करते हुए अपने पक्ष में करने का प्रयास करें,पश्चात् उनके पाससे परशुरामजी द्वारा प्रदत्त अजेय एवं अकाट्य पांच बाणों को मांगकर ले आवें |"

कुंती -" क्या ऐसा संभव हो पावेगा , वासुदेव ?"

श्रीकृष्ण - " माता का स्नेह जितना प्रबल होगा , उतनी ही सफलता संभावित है |"

कुंती -" तो यह माता के स्नेह का परीक्षण है | स्नेह को तुला में रखकर मुझे गुरुता अथवा लघुता की परीक्षा देनी होगी क्या वासुदेव ?"

श्रीकृष्ण -" नहीं, परीक्षण तो नहीं है | यह सर्वविदित है कि अर्जुन के प्रति आपका स्नेह अपेक्षाकृत तीव्रता लिए हुए है | फिर भी अभी तक संग्रहित यद्यपि अप्रकट स्नेह की तीव्रता भी कम नहीं होगी , बुआश्री |" (मुस्कुराने लगते हैं)

कुंती - (अत्यधिक गंभीर होते हुए)-" क्या यह संभव हो सकेगा वासुदेव , कि कर्ण सब कुछ जानकर अपने सहोदरों के पक्ष में आ जावे , अथवा युद्ध में तटस्थ हो जावे?"

श्रीकृष्ण - (कुछ सोचते हुए)- " कुछ जटिल कार्य तो अवश्य है |"

कुंती - (गंभीरता से)- " क्या उसे यह आभास है कि मैं उसकी माता हूँ ?"

श्रीकृष्ण - (मुस्कुराते हुए)- " हाँ |"

कुंती - (आश्चर्य से)- " भला कैसे व किस माध्यम से ?"

श्रीकृष्ण - (उसी मुस्कराहट के साथ)-" यह रहस्य मेरे द्वारा ही उद्घाटित कर दिया गया है | इस हतु मैं आपसे क्षमाप्रार्थी हूँ |"

कुंती - (कुछ सोचते हुए)-" फिर यह जानकर उसकी क्या प्रतिक्रिया हुई?"

श्रीकृष्ण - "यही जानने केलिए तो आपको स्वतः उसके पास जाना होगा |"

कुंती - " ठीक है वासुदेव, माता के स्नेह के परीक्षण की घड़ी होगी वह | हाँ, इतना अवश्य है कि एक को मेरे आँचल की छाया मिली है और दूसरे को आँचल की कड़ी धूप- कड़ी ऊष्मा झुलसा देने वाली –बस | मैं कैसे उसका सामना कर सकूंगी, वासुदेव ? अभी तक मूक-द्रष्टा बनी हुई मैं आज स्वार्थी न कहलाऊंगी क्या ?"

श्रीकृष्ण - (गंभीरता का भाव लिए हुए)- " नहीं बुआश्री, कर्ण महान धनुर्धर होने के साथ-साथ श्रेष्ठ दानी, परम विवेकी एवं धैर्यवान व्यक्तित्व वाले हैं | आप भयग्रस्त न हों | माता एवं पुत्र का कमसे कम एकबार मिलन भी तो आवश्यक है न |" (मुस्कुराने लगते हैं)

कुंती - (अश्रुपात करते हुए)-" बस इसीसे तो मैं अत्यधिक भयग्रस्त हूँ वासुदेव | फिर जैसी महेश्वर की इच्छा | मैं तुम्हारे प्रस्ताव को स्वीकार करती हूँ |"

(यवनिका गिरती है)

๑๑

[चतुर्थ - दृश्य]

(यवनिका उठती है | कर्ण के शिविर का दृश्य | चारों ओर प्रहरी गण विद्यमान हैं |रात्रि के अँधेरे में कुंती एक मशालची के सहारे आगे बढती हुई शिविर के द्वार पर रूकती है)

एक प्रहरी - (कर्ण के कक्ष में प्रवेश करते हुए)- " सेनापतिजी की जय हो | एक बृद्धा महिला आपसे मिलने की इच्छुक हैं |"

कर्ण - (कुछ सोचते हुए स्वगत)- "कौन महिला हो सकती है? कहीं पांडव-माता कुंती तो नहीं |" (भेजने का संकेत देते हैं \ डगमगाते क़दमों से प्रवेश कर कुंती निर्निमेष दृष्टि से कर्ण को देखती रह जाती हैं)" पांडव-जननी को सूतपुत्र राधेय का प्रणाम |"

कुंती - (भरभराए स्वर में)-" स्वयं को सूतपुत्र एवं राधेय न कहो पुत्र |"

कर्ण -" तो क्या कहूं, पांडव-माते ?"

कुंती - " मुझे पांडव-माते कहकर अपने को क्यों विलग कर रहे हो पुत्र | आओ, मैं तुम्हे गले लगालूँ, अपने वक्षस्थल को शीतलता प्रदान कर सकूँ –पुत्र | अब जानकर भी अनजान न बनो , आओ |"

कर्ण - " पांडव-जननी, आज कैसे यह सब आपको स्मरण आया? उस दिन जब मैं सूतपुत्र कहलाकर अपमान के दंश झेलता रहा – तब आप कहाँ थीं ? महाराज द्रुपद की राज्य-सभा में मैं उपहास का पात्र बना, कुरुसभा में मेरी वीरता को इसी अपमान ने हतोत्साहित किया , तब आप कहाँ थीं ? आपने उस समय मुझे अपने आँचल की छाया क्यों नहीं देनी चाही ? बताइये न पांडव-माते | उस समय आप क्यों चुप रहकर मुझे अपमानित होते हुए देखती रही आईं?"

कुंती -" मैं इस हेतु लज्जित हूँ पुत्र | मेरी प्रतिष्ठा दो वंशों से जुडी हुई थी | शूरसेन की पुत्री होने से यदुवंश तथा महाराज कुन्तिभोज की पालित पुत्री होने से मालव-राज्य की भी प्रतिष्ठा का प्रश्न मेरे होठों को सिले हुए था| परन्तु तुम्हे कैसे बताऊँ पुत्र, कि मैंने भी कितनी मानसिक पीड़ा का सहन किया है,कितने दंश झेले हैं मैंने भी| तुम्हारे सुखसमाचारों को ज्ञात करने हेतु मैंने क्या-क्या नहीं किया, मेरे पुत्र ?"

कर्ण - "बस पाण्डवमाते,बस | जब आप सब यह जान रहीं थीं तो राधेय को उस समय क्यों नहीं बताया? आप भी सच मानें, कि मैंने जब यह जाना कि मैं अधिरथजी का पालित पुत्र हूँ,तब मैंनेभी अपनी वास्तविक माताश्री की खोज में कितना मानसिक संत्रास झेला है - कितनी पीड़ा सही है? और तब इसी पीड़ा ने मुझे अपनी वास्तविक माँके प्रति क्रमशः आक्रोश, घृणा व तिरस्कार का भाव उत्पन्न कर दिया, जो आज भी है|"

कुंती - " ऐसा न कहो पुत्र, मेरी स्थिति को भी समझो| कुरुकुल की मर्यादा को ध्यान में रखकर मैंने इसे रहस्य ही बना रहने दिया| मैं घृणा की पात्र नहीं बनना चाहती पुत्र, मेरी विवशता पर तरस खाओ | आओ मेरे गले लग जाओ, वत्स |"

कर्ण - "उस कुरुकुल की मर्यादा –जिसने ऐसे संबंधों को कितनी सहजता से स्वीकार किया है | महाराज शांतनु की महारानी सत्यवती ने कितनी सहजता से अपने कौमार्यावस्था में उत्पन्न किये हुए पुत्र

ब्यासजी के विषय में बतलाकर उन्हें भी राज-निवास में महत्ता दिलाई थी| आज भी सर्वसम्मानित हैं, ब्यासजी – कोई दुराव नहीं –कोई छिपाव नहीं | परन्तु पांडवमाते, आपने इसे छिपाकर एक महायुद्ध की विभीषिका उत्पन्न कर दी है | आज युवराज दुर्योधन ने मेरे बल पर ही इस युद्ध को स्वीकार किया है | इसका दोष आपके ऊपर ही मढा जावेगा |"

कुंती - "नहीं, ऐसा नहीं है | कुल की मर्यादा सर्वोपरि है |मेरे साथ विवाह के पूर्व दो वंशों की मर्यादा थी जबकि पितामही सत्यवतीजी के समक्ष अपने पितृकुल की मर्यादा का प्रश्न उतना पीडादायक नहीं था | पुत्र, इस युद्ध को बंद किया जा सकता है | तुम मेरे गले लग जाओ पुत्र | युधिष्ठिर तुम्हे बड़े भ्राता के रूप में पाकर धन्य हो जावेंगे और तुम्हे ही राज्याधिकारी घोषित कर देंगे ---"

कर्ण - (बीच में ही)- "और मैं वह राज्याधिकार अपने परम हितैषी मित्र दुर्योधन को सौंप दूंगा | मुझे कुछ नहीं चाहिए | मुझे जो चाहिए था- वह मित्र दुर्योधन ने दिला दिया –वह है सम्मान –राधेय का सम्मान |"

कुंती - " पुत्र , तुम एकबार अपने आपको राधेयके स्थान पर कौन्तेय भी कहकर देखो न |"

कर्ण - " कौन्तेय-कैसा कुंती पुत्र? जिसे पैदा करते ही नदी की तेज धारा के बीच छोड़ दिया गया हो , जिसे अपमानित होते देख मौन धारण कर लिया गया हो | उसे स्मरण करने से भी घृणा-तिरस्कार का भाव ही उत्पन्न हो रहा है और वह मेरी माता राधा – जिसके वक्षस्थल में लगकर मैंने उसका स्तन-पान किया – जिसने ऊँगली पकड़कर मुझे चलना सिखाया और यह योग्यता दी कि आज इस युद्ध का मैं एक स्तम्भ बनकर खड़ा हूँ | कौन्तेय शब्द में तो मात्र तिरस्कार झलकता है, मात्र तिरस्कार | अपमान से भी बढ़कर तिरस्कार |"

कुंती - " वत्स, तुम्हे मैं सबके समक्ष स्वीकार करने हेतु तैयार हूँ | सभी मर्यादाओं को ध्वंस करते हुए चिल्ला-चिल्लाकर यह घोषणा करने के लिए तैयार हूँ कि मेरी कोंख से ही उत्पन्न होनेवाला प्रथम पुत्र धनुर्धारी कर्ण है – कर्ण , पांडवों का अग्रज कर्ण- राज्याधिकारी कर्ण |"

कर्ण - " पर अब बहुत विलम्ब कर चुकी हो पांडवमाते | हाँ , इतना मैं अवश्य वचन देता हूँ कि मेरी प्रतिद्वंदिता मात्र अर्जुन से है | मैं युद्ध में अर्जुन के अतिरिक्त अन्य किसी पर भी प्राणघातक शस्त्रास्त्र का संधान नहीं करूंगा| मात्र अर्जुन ही मेरा लक्ष्य रहेगा| इस प्रकार आपके युद्धोपरांत पांच पुत्र रहेंगे ही – अर्जुन अथवा कर्ण | दो में से एक –बस|"

कुंती - (विलखती हुई)-"पर मैं तो दोनों को चाहती हूँ,वत्स| अर्जुन के अग्रज कर्ण के साथ मैं दोनों को विश्व-विजेता के रूप में देखना चाहती हूँ| मुझे निराश न करो , वत्स |"

कर्ण - " नहीं, यह असंभव है | अर्जुन अथवा कर्ण –दो में से एक , दोनों नहीं | कर्ण को पाने के लिए अर्जुन को खोना पडेगा | तभी संभव हो सकेगा- राधेय को कौन्तेय का संबोधन दे पाना |"

कुंती - (अत्यधिक निराशा में डूबे स्वर में)- " तो क्या प्रथम बार माता के आगमन पर तुम माता का अभिनन्दन करने हेतु भी तैयार नहीं हो? मेरे गले लग जाओ वत्स|"

कर्ण - " अभी नहीं, समरांगण में अर्जुन पर विजयश्री प्राप्त करने के उपरांत ही मैं आपकी इच्छापूर्ति कर सकूंगा | अभी आप समय की प्रतीक्षा करें |"

कुंती - (तनिक हिचकिचातेहुए)- " तो फिर पुत्र, मेरी एक याचना की पूर्ति कर दो |"

कर्ण - (उत्सुकता से)-" सहर्ष | एक माँ याचक बनकर आई है | अवश्य पूर्ति होगी –बस एक को - छोड़कर |"

कुंती - (क्षीण स्वर में)-"तुम्हे जो परशुरामजी ने पांच बाण दिए हैं, उन्हें मुझे दे दो |"

कर्ण - (अचानक चौंकते हुए)-" तो आपको इस कार्य हेतु निश्चित श्रीकृष्ण ने ही भेजा होगा |"

कुंती - (कातर भाव से)-" अवश्य |"

कर्ण - " आप जानती हैं कि इन पांच अमोघ बाणों के अभाव में मैं युद्ध के पहिले ही पराजित-सा हो जाऊंगा |अब मैं युद्ध में अर्जुन को समाप्त करने का अपना लक्ष्य धूमिल-सा होता देख रहा हूँ , पांडव-जननी |"

कुंती - (रोते हुए)- " मैं विवश हूँ, वत्स | यह भी मेरी विडम्बना है कि एक को बचाने हेतु दूसरे को अस्त्र-हीन करना | फिरभी जैसा तुम चाहो |"

कर्ण - " अब चाहने का प्रश्न ही नहीं उठता | यह लीजिये पांडवमाते, ये पांच बाण| कर्ण निहत्था ही सही, पर रहेगा अपने वचनों, अपने उद्देश्यों तथा अपने बने संबंधों पर अडिग |" (पाँचों बाणों को देते हैं)

कुंती - (बाणों को सम्हालती हुई)- " चिरंजीवी हो वत्स |"

कर्ण - " यह कैसा आशीर्वाद ? अब यह संभव नहीं है | मैं जानता हूँ कि श्रीकृष्ण जिस पक्ष में होंगे,उसकी विजय सुनिश्चित है |उन्होंने ही आपको भेजा है , अतः मैं इसे सहर्ष स्वीकार करता हूँ | पर हाँ, आपको भी एक वचन देना होगा कि मेरे जीवन-पर्यंत मेरे जन्म का यह रहस्य बना ही रहे | किसी भी परिस्थिति में पाँचों भाइयों को इसका ज्ञान न हो | (कुंती रोते हुए मौन-स्वीकृति में अपना सिर हिला देती हैं) अच्छा तो माते, मेरा अंतिम प्रणाम स्वीकार करें | आपकी इच्छा पूर्ण हो |" (कुंती की अश्रुधारा के साथ-साथ हिचकियाँ भी फूट पड़ती हैं | यवनिका गिरती है)

❧

[पंचम - दृश्य]

(यवनिका उठती है |युद्ध की समाप्ति में रणस्थल का दृश्य| सम्राट-पद पर युधिष्ठिर के अभिषेक के पश्चात समस्त विधवा नारियां यत्र-तत्र अपने मृत पतियों के शरीरों को खोजती हुईं दृष्टिगत होती हैं | युधिष्ठिर खोजे गए शवों का अंतिम संस्कार करते जाते हैं | चारों ओर रुदन एवं चीत्कार के शब्द ही व्याप्त हैं | कुंती भी किसी को खोजती हुई दिखाई देतीं हैं)

नकुल - (भीम से)-"भैयाश्री,उधर देखिये , माताश्री बड़ी व्यग्रता से किसी की खोज में अत्यधिक चिंतातुर हैं| भला वह कौन हो सकते हैं ?"

भीम - "हाँ, उनके तो सभी स्नेह -पात्र कुशल से हैं |"(सभी उसी ओर देखते हैं)

कुंती - " अरे पुत्र सहदेव, शीघ्रता से इधर तो आओ, देखो यह शव क्या अंगराज कर्ण का है ?"

सहदेव -" हाँ माताश्री , उन्ही का है |"

कुंती - "इन्हें उठाकर इनका भी विधिवत संस्कार करो पुत्र |"

अर्जुन - " नहीं, उसे यों ही पडा रहने दो सहदेव | उसका मांस कौवे, चील, गीध और कुत्तों को खाने दो |"

कुंती - "नहीं, ऐसा नहीं कहते | इनकी भी विधिवत ससम्मान अंत्येष्टि-क्रिया करें, युधिष्ठिर महाराज |"

भीम - "नहीं माते, इस सूतपुत्र के शव को यों ही पड़ा रहने दें | इसको सड़ने दें | यह काक और श्वानों का ही भोज्य बनेगा |"

कुंती - (चिंता के स्वर में)-" युधिष्ठिर महाराज, यह माता की आज्ञा है | इनके शव को विधिवत स्नानादि कराकर इनकी अंतिम क्रिया करें |"

युधिष्ठिर - (चौंकते हुए)-"भला ऐसा क्या है माते, इसेतो सडना ही चाहिए | अर्जुन एवं भीम के कथनों से मैं भी सहमत हूँ |"

कुंती - (गंभीर स्वर में)- " पर मैं नहीं |"(अचानक झुककर शव के मुख को अपने आँचल से पोंछने लगती हैं | आँखों से अश्रुधारा फूट पड़ती है | सभी उनकी ओर दृष्टिपात करते हैं)

युधिष्ठिर - (आश्चर्य से)- "यह क्या माताश्री? इतनी करुणा कैसे ?"

कुंती - (हिचकियाँ लेते हुए)-" युधिष्ठिर महाराज, इनकी अंत्येष्टि-क्रिया विशेष सम्मान से की जानी उचित होगी | तुम्हे यह ज्ञात होना चाहिए कि ये तुम्हारे अग्रज हैं , मेरे ज्येष्ठ पुत्र |" (हिचकियाँ तेज हो जातीं हैं)

सभी - (चौंकते हुए एक साथ)-" क्या अग्रज? वह कैसे ?"

कुंती - " मेरी कौमार्यावस्था में सूर्य से उत्पन्न बालक – जिसे मैंने लोक-लज्जा से नदी में प्रवाहित कर दिया था तथा जो अधिरथ-राधा द्वारा पालित-पोषित होकर धनुर्वीर कर्ण के नाम से विख्यात हुआ |"

युधिष्ठिर - (आश्चर्य से)-"तो माते, आपको क्या यह पूर्व से ही ज्ञात था ? यदि हाँ, तो आपने युद्ध के पहिले यह रहस्य क्यों नहीं उजागर

किया?

कुंती - " मैं वंश की मान-मर्यादाओं के आगे विवश थी , और फिर उन्होंने मुझसे यह वचन भी लिया था कि मैं तुम लोगों को यह न बताऊँ |"

युधिष्ठिर - " भला क्यों ?"

कुंती - " उन्होंने मुझे यह भी वचन दिया था कि वे मात्र अर्जुन से ही अपनी प्रतिद्वंदिता निभावेंगे , अन्य से नहीं | इन्ही कारणों से युद्ध में कई बार तुम लोगों को अवसर आने पर भी आहत न करते हुए जान - बूझकर छोड़ दिया जाता था |"

युधिष्ठिर - (सोचते हुए)- " हाँ माते, यह सत्य है |एकबार ये मेरे रथ पर कूदतेहुए मुझे पकड़कर अपनी तलवार निकाल चुके थे| चारोंओर हाहाकार मच गया था , सबने समझा कि मैं मारा गया ,परन्तु अचानक ही उनके हाथ प्रहार करने से रुक गए थे , अब समझा –ऐसा क्यों हुआ था | पर माते, आप यदि इस रहस्य को उद्घाटित कर देतीं तो संभवतः यह रक्तपात न हुआ होता |"

कुंती - (रोते हुए)-(अपने आँचल से शव का पूरा शरीर पोंछते हुए)- " वत्स, मैं तुम्हे इस आँचल की छाया कभी न दे सकी | तुमने तो मात्र इसकी आंच भरी लपट ही झेली है | आंच –तपन-ज्वाला –हाँ, आंचल की धूप ही तो तुम्हे मिली है मुझसे |"

अर्जुन - (मंद स्वर में)-"माताश्री, क्या यह रहस्य श्रीकृष्ण को ज्ञात था?"

कुंती - (स्वीकारात्मक सिर हिलाते हुए क्षीण स्वर में)-"हाँ वत्स |"

(पर्दा लगाकर पांचो भाई शव को स्नान कराते हैं| अचानक युधिष्ठिर की दृष्टि शव के पांव के पंजों व पिंडलियों पर पड़ती है | वे चौंक पड़ते हैं)

युधिष्ठिर - (परदे से बाहर निकलते हुए)-"अरे यह पांवों तथा पिंडलियों की कैसी साम्यता माते? आपकी पैरों की पिंडलियाँ एवं पंजे कितनी साम्यता रखते हैं इनसे | लगता है, जैसे आपके ही हों | आह- भ्राता, मेरे अग्रज , क्षमा कीजिएगा |"

(पर्देके अन्दर जाकर शव के चरणों में अपना मस्तक रख देते हैं | चारों भाई भी वैसा ही करते हैं| तभी श्रीकृष्ण मुस्कुराते हुए प्रवेश करते

हैं |)

श्रीकृष्ण - (हाथ जोड़ते हुए)-"सर्वश्रेष्ठ धनुर्धारी दानवीर कर्ण अमर रहें |"

(कर्ण के शव की ओर झुकते हैं| कुंती की चीख निकल पड़ती है|)
(धीरे-धीरे यवनिका गिरती है |)

2

अवज्ञा

[प्रथम - दृश्य]

(यवनिका उठती है |संध्याकालीन बेला- अन्धकार पसर रहा है | अयोध्यापति श्री रामचंद्र अपने कक्ष में विकल-मन से एक कोने से दूसरे कोने तक मंथर गति से विचरण करने में लीन हैं | दोनों हाथ पीछे की ओर जुड़े हुए हैं | दृष्टि अवनत | लगता है , किसी गंभीर चिंतन में निमग्न हैं | एक ओर से चार सेविकाएँ जलती हुई मशाल लिए प्रवेश करतीं हैं तथा कक्ष में रखे हुए सभी प्रकाश- दीपों को प्रज्ज्वलित करने लगती हैं)

श्रीराम - " रहने दो, एक दीप ही पर्याप्त है |अधिक प्रकाश नेत्रों में चुभ रहा है |"

सेविकाएँ - (आश्चर्य से महाराज की ओर देखते हुए सम्मिलित पर मंद स्वर में)- " जो आज्ञा ,महाराज |" (जलाए हुए एकाधिक दीपों को बुझाकर वही मशाल लिए वापस चलीं जातीं हैं | महाराज पूर्ववत ही चिंतामग्न स्थिति में विचारणशील रहे आते हैं |)

एक सेवक - (प्रवेश करते हुए)- " महाराज की जय हो | युवराज लक्ष्मण द्वार पर खडे प्रवेश करने की आज्ञा चाहते हैं |"

श्रीराम - (चौंकते हुए)-” क्या लक्ष्मण वापस आ गए ? शीघ्र ही भेजो |”

सेवक - “ जो आज्ञा “(वापस होता है)

लक्ष्मण - (प्रवेश करते हुए)-” अयोध्यापति महाराज की जय हो |”
(हाथ जोड़कर आधे झुकते हुए नीची दृष्टि किये अभिवादन करते हैं)

श्रीराम - “ यह क्या लक्ष्मण, तुम साधारण-जनों की भांति----_?”

लक्ष्मण - “ हाँ महाराज, (कंठ रुंध जाता है)—अब मैं मात्र आपका आज्ञाकारी सेवक ही तो ठहरा , अतः यही उचित है |” (कंठ से हिचकी निकल पड़ती है |आँखें घुकी हुई बरसने को आतुर प्रतीत होती हैं)

श्रीराम - “ ऐसा क्यों? “ (होंठों पर बरबस मुस्कान उभरती है)

लक्ष्मण - “महाराज, क्षमा करें, मेरे जीवन में ऐसा प्रथम अवसर आया है, जब मेर मन ने महाराज के आदेश की अवज्ञा करनी चाही थी | मैं दोषी हूँ, मुझे दंड दें महाराज- जी हाँ, दंड-प्राणदंड | मैं अब जीना नहीं चाहता|

(आँखें बरसने लगतीं हैं,कंठ अवरुद्ध हो जाता है) म—हा —रा—ज |”

श्रीराम - “ नहीं लक्ष्मण, ऐसा मत कहो | तुम मेरे प्राणाधार हो |”
(लक्ष्मण की ओर अपनी दोनों बाहें बढाते हैं , पर लक्ष्मण उनके चरणों पर गिर पड़ते हैं , वाणी फफक उठती है | श्रीराम झुककर बरबस लक्ष्मण को उठाते हैं तथा उनके आंसुओं की अविरल धारा को अपने उतरीय से पोंछने का असफल प्रयास करते हैं | अश्रुपात अनवरत ही है)

लक्ष्मण - “ नहीं महाराज, मुझे प्राणदंड ही चाहिए | मैं मरना चाहता हूँ| अब एक क्षण का भी जीवन मेरे लिए उचित नहीं है | मैं नराधम हूँ , मैंने छल किया है | मुझे दंड मिलना ही चाहिए –महाराज |”

श्रीराम - “ महाराज का संबोधन नहीं मेरे प्रिय |”(अपने उतरीय से लक्ष्मण की आँखें पोंछते हुए उन्हें अपने वक्षस्थल में समेट लेते हैं |उनकी हिचकियाँ पूर्ववत ही हैं)

लक्ष्मण - (हिचकते हुए)_” नहीं , आप अब मात्र अयोध्यापति महाराज ही हैं , इसके अतिरिक्त कुछ भी नहीं |

तभी तो-----------"

श्रीराम - (द्रवित स्वर में)_" ऐसा मत कहो लक्ष्मण, अपने व्यंग्य-बाणों से मुझे आहत मत करो |"

लक्ष्मण - (श्रीराम की आँखों की ओर देखते हुए)_" आहत और आप , ऐसा कैसे हो सकता है ? आहत तो मैं हूँ | आहत तो सर्वाधिक भाभीश्री हुई हैं , जिन्हें वन्य -प्राणियों के बीच दुर्गम वन-बीथी में छोड़कर मैं वापस आने के लिए बाध्य हुआ हूँ | न जाने कैसी होंगीं वे ? "(पुनः फफक पड़ते हैं)

श्रीराम - (गंभीर स्वर में)-" संयत हों लक्ष्मण | तुमने कर्तव्य-पालन में जो द्रढ़ता दिखाई है , उसे बनाए ओ |"

लक्ष्मण - (संयत होते हुए)- " अभी तक तो मैं हिमशिला की भांति द्रढ था भैया, पर अब पिघलने लगा हूँ | यहाँ आकर अब मैं किसे और क्या उत्तर दूंगा ? सब पूंछेंगे , तब मैं-- निरुत्तर रहकर दोषी बनूंगा | भैया मुझे बचाइये, मैं क्या करूं ?" (पुनः फूट पड़ते हैं)

श्रीराम - अब तुम अपने प्रासाद में जाकर विश्राम करो | तुमने राजाज्ञा का द्रढ़ता से पालन किया है | तुम दोषी नहीं, यशस्वी हो | जाओ विश्राम करो |"

लक्ष्मण - " नहीं भैया, मैं और विश्राम ? उधर सीता भाभीश्री वन में हिंसक पशुओं के बीच ------| पता नहीं , अबतक कुशल से भी होंगी या नहीं ,सोचते ही मैं सिहर उठता हूँ |"

श्रीराम - " चिंता मत करो लक्ष्मण, उनकी रक्षा वनदेवियाँ करेंगी | अब तुम जाओ | हाँ, महामात्य को सूचित कर देना कि कल प्रातः राज्य-सभा की एक विशेष संगति आमंत्रित करें, जिसमें जनसाधारण के प्रतिनिधियों की भी भागेदारी हो |"

(यह कहते हुए पीछे घूम जाते हैं | लक्ष्मण का प्रणाम कर बाहर प्रस्थान | यवनिका धीरे-धीरे गिरती है|)

[द्वितीय - दृश्य]

(यवनिका उठती है |श्रीराम के राज-दरबार का दृश्य | दस सोपानों के मंच में नौवें सोपान में बने राज-सिंहासन के पीछे तीनों माताएं- मध्य में माता कौशिल्याजी , उनके दक्षिण भाग में माता सुमित्राजी एवं बाम-पार्श्व में माता कैकेयीजी दसवें सोपान पर आसीन हैं | आठवें सोपान के दक्षिणी भाग की आसंदी पर लक्ष्मण एवं उर्मिला विराजमान हैं | इसी सोपान के बाम-भाग के छोर में भरत जी मांडवी के साथ आसीन हैं | उनके ठीक नीचे के सातवे सोपान पर शत्रुघ्नजी – श्रुतकीर्ति के साथ अपने आसन पर हैं | सबसे बाम भाग में एक उच्च सिंहासन पर गुरुवर वशिष्ठजी, अरुन्धतिजी के साथ बिराजमान हैं | दाहिनी छोर में महामात्यजी सपत्नीक आसीन हैं | सामने एक विशाल जनमानस का समूह बैठा हुआ है | तभी महाराज श्री रामचंद्र जी का आगमन होनेपर सब उठकर उनका अभिवादन करते हैं| जय-जैकार के उद्घोष के साथ वे अपने राज-सिंहासन पर बिराजमान हो जाते हैं | अचानक कैकेयी माता की सिसकी का उच्चस्वर गूँज उठता है | सभी उनकी ओर देखने लगते हैं|)

माँ कैकेयी - " बेटा राम, सीता की आसंदी रिक्त है , उन्हें कहाँ भेज दिया है ? उन्हें बनवास क्यों ? " (सिसकियाँ बढती जातीं हैं |कुछ ही क्षण में एक करूण-क्रंदन का सामूहिक स्वर गूँज उठता है | सम्पूर्ण वातावरण शोकाकुल हो जाता है | जनसाधारण के पंडाल से शोकाकुल-स्वर –'श्री सीतारामकी जय- श्री सीताराम की जय' का घोष उभरता है |

श्रीराम - " महामात्य, इस रिक्त सिंहासन को यहाँ से हटवा दिया जाए , अब इसकी आवश्यकता नहीं है |"

सम्मिलित स्वर - " नहीं,नहीं| ऐसा नहीं हो सकता |" (स्वर की तीब्रता बढती जाती है | साथ ही सम्मिलित रुदन का स्वर भी तीब्र एवं उच्च गति से उभरता जाता है | इसी बीच सेवक गण सीता जी के रिक्त सिंहासन को वहां से उठाते हुए संगति -भवन के बाहर जाते दिखाई देते हैं | तीनो माताओं के साथ उर्मिला आदि रानियाँ भी चीख उठतीं हैं |)

तीनो माताएं - (एक साथ रोते हुए)- " रोको इन्हें, सीता की आसंदी यहाँ से मत हटने दो | भरत, तुम्ही समझाओ | गुरुवर, आपही आदेशित करें, अयोध्यानरेश को |" (सिसकियाँ तेज हो उठती हैं |)

भरत - (सिर झुकाए हुए भरे कंठ से)- " अयोध्यापति महाराज, क्या हम सबकी सम्मिलित प्रार्थना पर ध्यान नहीं देंगे ? महारानी सीताजी की स्मृतिसूचक इस आसंदी को तो यथास्थान बनाए रखने का आदेश दें स्वामी |"

(शत्रुघ्न सेवकों को रोकने के उद्देश्य से आगे बढ़ते हैं)

लक्ष्मण - " नहीं शत्रुघ्न नहीं| राजाज्ञा की अवज्ञा उचित नहीं है | अयोध्यापति की इच्छा शिरोधार्य होनी चाहिए |"

भरत - (आश्चर्य मिश्रित स्वर में)-" तुम लक्ष्मण, सीताभाभी श्री की आसंदी-रहित स्थिति क्या सहन कर सकोगे ? क्या उन्हें वन में त्याग कर तुम्हारी इच्छापूर्ति नहीं हो सकी है ? "

लक्ष्मण - (सिर झुकाए हुए रुंधे कंठ से)- नहीं ऐसी बात नहीं है, सर्वाधिक पीड़ा मैंने ही तो सही है , त्याग के समय | परन्तु प्रभु की इच्छा के समक्ष मैं विवश हूँ भ्राताश्री –मैं सर्वथा विवश हूँ |" (फफक कर रो पड़ते हैं)

श्रीराम - (मंद स्वर में)- " महामात्य जी , इस संगति को आज यहीं पर विराम देते हुए कल पुनः इसी समय पर आयोजित करावें |"

(उठकर अन्तः-प्रकोष्ठ की ओर चल देते हैं |वातावरण में गंभीरता व्याप्त है |सभी का धीरे-धीरे प्रस्थान | यवनिका गिरती है)

෴

[तृतीय - दृश्य]

(यवनिका उठती है | संगति का ही दृश्य | सभी उपस्थित समुदाय महाराज श्री रामचंद्राधिदेव के आगमन पर खड़ा होकर उनका अभिवादन करता है| अयोध्यापति राजा रामचंद्र की जय ' का सम्मिलित नाद-स्वर गुंजायमान होता है| अपने सिंहासन पर बिराजमान होते हैं|बाम

भाग आसंदी सहित रिक्त है | पुनः सम्मिलित उद्घोष गूँज उठता है – ' अवधेश राजा रामचंद्रजी की जय- महारानी सीताजी की जय –महारानी सीताजी की जय-महारानी सीताजी की जय " –यह उद्घोष बढ़ता ही जाता है |)

श्रीराम - " शांत हों , शांत हों , कृपया सभी शान्ति धारण करें |

(सभी शांत होकर यथा-स्थान बैठ जाते हैं | महामात्य की आसंदी की ओर देखते हुए)- महामात्य जी, आप सभी सभासदों को यहाँ आमंत्रित कर मैंने कष्ट ही देना चाहा है | आप में से अधिकाँश सदस्य मेरे पूजनीय बैकुंठ-वासी पिताश्री के शासनकाल के हैं | आपको राज-धर्म का भली- भांति ज्ञान है | आप सभी ने अनिच्छापूर्वक स्थिति में भी राजाज्ञा या उनकी इच्छा का तिरस्कार नहीं किया है तथा सभी कुछ धैर्यपूर्वक सहन किया है | इसी सन्दर्भ में मेरा आप सभी से अनुरोध है कि मेरे द्वारा महारानी सीता का परित्याग किया जा चुका है , अतः उनकी आसंदी अथवा उनके प्रत्येक स्मृति-चिन्ह को भी दृष्टि से दूर रखना ही पडेगा | और तो और, मैं अब यह भी निवेदन के साथ-साथ राजाज्ञा प्रसारित करना चाहूंगा कि राज्य-सभा अथवा सार्वजनिक स्थल पर सीता के लिए 'महारानी' का संबोधन भी बंद किया जावे | सीता के नाम का जय-घोष स्वीकार नहीं होगा |"

सम्मिलत स्वर - " नहीं-नहीं, ऐसा नहीं हो सकता |(सभी अपने स्थानों पर खड़े हो जाते हैं | मुनिवर वशिष्ठ ऋषि मौन भाव से बैठे रह आते हैं एवं तीनो माताएं अपनी आसंदियों पर अवनत सिर किये बैठी रह कर सिसकी लेने लगती हैं |)

श्रीराम - " शान्ति-शान्ति-शान्ति, आप सभी शान्ति एवं संयम धारण करते हुए स्थिति को समझें एवं तदनुसार उसका पालन करें |"

भरत - "नहीं भैया, अब यह नहीं होगा | आपकी प्रत्येक इच्छा के समक्ष मैंने अपनी इच्छाओं का अभी तक दमन किया है | चौदह वर्षों तक मैंने जो मानसिक-यंत्रणा झेली है , उससे अब मैं टूट चुका हूँ | आगे अब मैं सहन न कर सकूंगा | हम सब पर कृपा करें, महाराज, अब अयोध्या-वासियों के जीवन के अवलंबन – स्मृतिचिन्हों को भी मिटाने का आदेश वापस लेवें महाराज | अविलम्ब वापस लेवें , महाराज, अति कृपा होगी |

(कहते-कहते मूर्छित होकर गिरने लगते हैं तभी दौड़कर शत्रुघ्न उन्हें सम्हालते हुए उनकी आसंदी पर बिठाल देते हैं तथा अपने उतरीय से उनके आंसुओं को पोंछने लगते हैं | सेवक गण उनके मुख पर जलकण के छींटे डालते हुए व्यजन करते हैं)

श्रीराम - " अधीरता एवं असंयम का परिचय न दें भरत | तुम तो बड़े धर्मज्ञ हो , गुरुवर का विशेष अनुग्रह तुम पर बना रहा आया है |"

माँ सुमित्रा - "परन्तु यह दूसरा वज्राघात असहनीय ही है | अब हमारे शरीर प्राणधारण करने में असमर्थ हो रहे हैं | सीता पुत्री के परित्याग के पश्चात उनकी आसंदी एवं स्मृतिचिन्हों को हटाना , और अब नाम मात्र शेष था , तो उससे भी विमुख होना अति कष्टकारी है | ऐसा न करें |" (वाणी रुंध जाती है | अपने आँचल में मुख ढक लेती हैं |)

माँ कैकेयी - " मझली दीदी ने उचित ही कहा है पुत्र , कम से कम नाम तो बना ही रहने दें |"

श्री राम - " सभी माताएं विदुषी होकर धैर्यधारण करने में अद्वितीय हैं | छोटी माँ, सर्व प्रथम आपने ही पौराणिक आख्यान सुनाया था कि भगवान् शिव ने जब सतीजी का मानसिक परित्याग किया था , तो उन्हें कितनी वेदना होती रही है | इसे दूर करने के लिए वे अपने इष्ट नारायण हरि का ध्यान कर परित्याग के आचरण का निर्वाह करते रहते थे | सतीजी के साथ में रहने पर परित्याग कितना कठिन था | वे ही मेरे इष्ट हैं , उन्ही के संबल पर मैंने यह निर्णय लिया था | फिर मैंने तो पूर्णतया परित्याग वन के निर्वासन के रूप में कर रखा है | अतः अब तो स्मृतिचिन्हों एवं नाम-स्मरण से विमुखता मात्र औपचारिकताएं हैं , जो कठिन नहीं हैं |"

सभी सभासद (एक साथ) - "नहीं, ऐसा न करें महाराज,| राज्य-सभा में उनके नाम-स्मरण का जयघोष मात्र ही तो अवलंबन है | इससे विमुख करने का आदेश वापस लेवें, महाराज | विशेष कृपा होगी, हम सब पर |"

श्री राम - " नहीं, आदेश वापस ग्रहणीय नहीं है | (सिर झुकाते हुए)- आप सभी इसे मान्य कर तदनुसार आचरण सुनिश्चित करें |" (सम्पूर्ण सभा निस्तब्ध हो जाती है | वातावरण में घोर शांति व्याप्त है)

वशिष्ठ ऋषि - (शान्ति को तोड़ते हुए कुछ क्षण उपरान्त)-"महाराज राम, राज्याज्ञा का पालन अवश्य होगा | उसकी अवज्ञा स्वीकार्य नहीं होगी | हम सभी ने आपके बैकुंठवासी पिताश्री की भी राज्याज्ञा का पालन अनिच्छा पूर्वक किया था | परन्तु मेरा एक सुझाव एवं निर्देश यदि मान्य हो तो अति उत्तम होगा |"

श्रीराम - (व्यग्रता से)-"गुरुदेव की आज्ञा का भी पालन होगा , आदेश देवें , गुरुवर |"

वशिष्ठ ऋषि - " राज्य-सभा के बाहर सभी श्री राम के साथ सीता को जोड़े रखें , अपितु सती-साध्वी सीता का नाम राम से पहले लिया जावे | 'सीताराम' इस संबोधन के साथ किया जानेवाला जयघोष राज्य-सभा के बाहर सर्वत्र मान्य किया जावे| हाँ, राज्यसभा में मात्र 'राजा रामचंद्र' का ही जय-घोष रहे | इससे राजाज्ञा का भी पालन होता रहेगा एवं पुत्री सीता के प्रति प्रजाजन की निष्ठा में भी कमी नहीं आ सकेगी |"

सभी सभासद - " साधु –साधु , अति उत्तम | स्वीकार है, स्वीकार है |"

श्रीराम –(स्वगत) - " अब मात्र राम-राम | पर यह कितना निरीह लगता है| राम-राम कहना –संवेदना का सूचक-सा लग रहा है| इससे तो सहानुभूति ही झलक रही है, और सत्य भी तो यही है –अब एकाकी राम सहानुभूति का ही तो पात्र बनकर रह गया है |" (प्रकट स्वर में)_"गुरुवर की आज्ञा –स्वीकार है| सभी यथा-निर्देश आचरण करें | महामात्य जी , संगति को अब विसर्जित करें|"

(सहसा श्री राम अपने सिंहासन से उठ खड़े होते हैं | सभी धीरे-धीरे प्रस्थान करते हैं | नेपथ्य में 'श्री सीताराम की जय'-'श्री सीताराम की जय'-'जय सीताराम-'जय सीताराम' का उद्घोष व्याप्त है | धीरे-हीरे यवनिका गिरती है |)

3

सन्मति

(नेपथ्य में) - तीब्रतर होती हुई घंटों – घड़ियालों की ध्वनि के साथ किसी मंदिर में हो रही आरती का कर्णभेदी स्वर गूंजता है | तभी दूसरी ओर से आ रहा किसी मस्जिद की अजान का स्वर लगे हुए बड़े माइक की ध्वनि के कारण मंदिर की आरती को दबाता-सा प्रतीत होता है | अचानक ही चर्च का बड़ा घंटा भी बज उठता है – और ठीक उसी की समानांतर ध्वनि किसी गुरुद्वारे की भी गूँज उठती है | मिश्रित ध्वनियाँ इतनी तीब्र हो उठती हैं कि किसीको कुछ भी नहीं सुनाई देता | यत्र-तत्र आता-जाता जन-समुदाय घबराकर अपने दोनों कान बंद कर लेता है | ऐसे में ही पर्दा खुलता है |

मंदिर का पुजारी - (एक हाथ से पहनी हुई धोती समेटते हुए बाहर निकलते हुए)-“ सर्वे भवन्तु सुखिनः सर्वे---- (चिल्लाते हुए)- ऐ खुदा की औलाद, बंद कर यह कनफोड़ आवाज़ | (स्वगत)- कुछ सुनाई नहीं दे रहा है , इतना चिल्ला रहे हैं | (फिर चिल्ला कर)- तुम्हारा खुदा भी नहीं सुन पावेगा तुम्हारी इस आवाज़ को |अरे कुछ धीरे से बोलो |

(कुछ देर बाद) - “ हरे राम- हरे राम | ॐ नमो भगवते वासुदेवाय |अरे घंटा वाले किरिस्थान, तेरा क्या कहते हैं, ईशू – गाड भी कुछ न सुन पायेगा |”

चर्च का फादर- (बाहर निकलते हुए)- “ अरे क्या बोला रे , पंडित –पुजारी , डैम फूल | हमारा गाड हमारी प्रेयर नहीं सुनेगा , तो क्या

तुम्हारा राम सुन लेगा ? वह भी तो बहरा हो जाएगा इस आवाज़ से |"

पुजारी- "अरे,छिः–छिः– क्या बोला फूल – कौनसा फूल? अरे आज तो बड़ी कठिनाई से ही हमें फूल मिल सके हैं| दो दिन से मालिन भी तो नहीं आ रही है , क्या करें? और हाँ , हमारे राम बहरे हो ही नहीं सकते | वे तो भनक पड़ते ही तुरंत दौड़े चले आते हैं| कितने उदाहरण दूं- मैं तुम्हे, और तुम बताओ भला, तुम्हारे ईसामसीह कब दौड़ कर आये हैं ? "

फादर - " अरे चुपकर ईडियट | पहले अपनी धोती को सम्हाल ले, खुल गई है |"

पुजारी - (धोती की काँछ ठीक करते हुए)- " हाँ- हाँ , सम्हाल ली है | जानते नहीं हमारे कृष्ण ही सब सम्हालते हैं | द्रोपदी की साडी खींचते-खींचते दुःशासन थक कर बैठ गया था और साडी बढती ही जा रही थी- बढती ही जा रही थी , बढती-----इतनी कि सारी बीच नारी है कि नारी बीच सारी है – का निर्णय नहीं हो सका था | वाह रे कृष्ण भगवान् वाह रे लाज बचानेवाले | मोरी पत राखो गिरधारी---" (गाते हुए एक ओर चल देते हैं | फादर भी दूसरी ओर चले जाते हैं)

मौलाना- (पीछे से आकर) - " कहाँ गया किशन का बच्चा? अभी गला फाड़ रहा था | ठीक अजान के वक्त ही घंटा-घड़ियाल और शंख बजाते हैं| अब और बड़ा माइक मगाना पडेगा , हमारी आवाज़ दब जाती है | अरे उस मंदिर को भी यहीं बनना था | आने दो कोई मौक़ा , न इसे उड़ा दिया तो क्या---? "

सिख सरदार- (अपनी कृपाण की मियान में हाथ रखते हुए) - " किसे उड़ा रहे हैं मियाँ , कबूतर को या मुर्गे को ?(दूसरी ओर मुंह फेरकर स्वगत)_ लगता तो है इसकी गर्दन ही उड़ा दूं|

(फिर मौलाना की ओर मुड़ते हुए)- अरे ज़रा अपने इन स्पीकर के चोंगों का मुंह तो हमारे गुरुद्वारे की तरफ से फेर लो | हमें पाठ तो कर लेने दिया करो |"

मौलाना- (स्वगत) - " यह नानक का पुतर भी अकड दिखाता है | (प्रकट में)- अरे चोंगे तो अब और लगेंगे | इससे बड़े भी मंगाए हैं | न सबकी आवाज़ बंद हो जाए तो देखना |"

सरदार - " अगर ऐसा किया तो सच मानो, मस्जिद की एक ईंट न बचेगी | यहीं बनाना था तुम्हे, हमारे गुरुद्वारे के पास |"

मौलाना - " खैर, वक्त बताएगा कि किसकी ईंटें हवा में उड़ती दिखाई देती हैं ?" (गुस्से में तमतमाए हुए चल देते हैं| तभी पुजारी का कमंडल से जल छिड़कते हुए प्रवेश होता है)

पुजारी - " अपवित्रः पवित्रो वा सर्वावस्थां गतोपि वा--- -----"

सरदार-(पुजारी से) - " सतश्री अकाल पंडत, सत सिरी अकाल |"

पुजारी - "जय श्री राम-जय श्री राम, सरदार जी |"

सरदार - (क्षोभ भरे स्वर में)-"देखो तो पंडत, वह मौलाना का पुत्र हमको ताव बताकर चला गया | एक तो इसी जगह मस्जिद बनाली और लगे – बड़े-बड़े चोंगे लगाकर चिल्लाने – जैसे इनका खुदा बहरा है, और ऊपर से धौंस गुरुद्वारे पर | वाहे गुरु, इनकी मस्जिद को रातोरात उड़ा तो दे |"

पुजारी- (दुःख भरे स्वर में) - " अरे हाँ, सरदारजी, अब तो आरती भी नहीं कर पा रहे हैं | इधर इनकी मस्जिद की बांग और उधर उस गरफांस वाले का घंटा |"

सरदार- (आश्चर्य से) - " गरफांस- कौन गरफांस ? "

पुजारी - " अरे वही क्या कहते हैं, टाई| सिर से पैर तक कपडे पहिन लेंगे और कहते हैं – हम प्रार्थना कर रहे हैं | अरे कपडे उतारकर प्रभु की पूजा की जाती है – कि कपडे पहिनकर ? मुझे कह रहा था कि मैं धोती सम्हाल लूं | बड़ा आया ईसा मसीह का सपूत |"

सरदार – " अब तो कुछ करना ही पडेगा , इन लोगों के खिलाफ , नहीं तो ग्रन्थ साहब का पाठ मुश्किल हो जाएगा |"

पुजारी- (करुणा के स्वर में)-"क्या करोगे ? मैं तो रात-दिन सुदर्शन चक्रधारी से यही विनय करता रहता हूँ कि अपना चक्र छोड़ो प्रभु इन लोगों की गर्दन पर | नहीं तो अनर्थ हो जावेगा | धर्म नष्ट हो रहा है – क्षीरसागर वासी अब फिर प्रकटो प्रभु |"

सरदार- "तुम नहीं समझोगे पंडित, अब समय आ गया है कि हर आदमी चक्र सम्हाले और अन्याय के विरोध में जंग में कूदे |"

(अपनी कृपाण सम्हालते हुए चले जाते हैं)

• 49 •

पुजारी- "हाँ-हाँ, परशुराम की भांति, अकेले ही अन्याय –अनीति का विरोध करना चाहिए और उसे जड़-मूल से फरसा से ही काटना चाहिए | हे मधुसूदन, हे कंसारि , शीघ्र प्रकट हों | चलूँ, भोग लगाने का समय हो गया |"

(एक ओर चले जाते हैं | तभी दूसरी ओर से मौलाना बिजली की एक तार बिछाते हुए प्रवेश करते हैं| एक सहायक तार का बण्डल खोलता दिखाई देता है)

मौलाना-" जल्दी कर मियाँ,इस गुरुद्वारे के बाद मंदिर को भी तो उड़ाना है | जल्दी-जल्दी तार बिछाता चल |"

(सहायक भी बिछाने लगता है | तभी एक ओर से फादर एक ईसाई भक्त के साथ प्रवेश करते हैं)

फादर- " देखो सन , ईशू पर बिलीफ रखो | वह तुम्हारी हेल्प श्योर करेगा , बिलीफ छोड़ना नहीं | (सामने मौलाना को देखकर)- अरे मौलाना साहब, गुड एवनिंग- गुड एवनिंग, यह क्या कर रहे हैं ?"

मौलाना-(झेंपते हुए)-" अस्सलाम आलेकुम फादर | (फिर धीरे से)- बिजली का तार बिछा रहा हूँ |"

फादर- " पहले यह बताओ-मौलाना साहब, आप टाइम को अच्छा क्यों नहीं बनाते ?"

मौलाना-(आश्चर्य से)-" टाइम यानी वक्त, अच्छा ही होना चाहिए | हम यही चाहते हैं |"

फादर-" तो फिर हमारी तरह गुड मार्निंग से लेकर गुड नाईट तक टाइम को ही विश किया कीजिये |"

मौलाना- " और आलेकुम को सलाम नहीं ?" फादर-"नहीं मौलाना, हमारे लिए टाइम ही सबकुछ है| ऊपर तो गाड है ही|"

मौलाना- "अच्छा समझा, वक्त को पहले अच्छा कहना और करना चाहिए| ऊपरवाला तो रहीम-करीम होगा ही |"

फादर- (तार को छूते हुए)-"अच्छा तो यह बताइये कि यह तार क्यों बिछाया जा रहा है ?"

मौलाना- " पहले उस गुरुद्वारे को और बाद में उस मंदिर को उड़ाना है | बस तार बिछा लें , फिर बम फिट कर रिमोट से उड़ा दूंगा |"

फादर- (आश्चर्य से)-"ऐसा, पर क्या यह ठीक होगा ? नहीं, गाड इसको परमिट नहीं करेंगे | नहीं, यह सिन होगा सिन |"

(एक ओर चले जाते हैं | तभी दूसरी ओर से एक भजन-मंडली गाते हुए प्रवेश करती है)

भजन-मंडली-" वैष्णव जन तो तेने कहिये जे पीर पराई जाणे रे -----" (अचानक मौलाना और सहायक उन पर झपट कर उनका तानपूरा छीन लेते हैं | उन्हें दो-चार हाथ मारते भी हैं | वे सभी भागने लगते हैं) बचाओ-बचाओ , मार डाला , अरे मार डाला इस मौलाना के बच्चे ने |"

(तभी लाठी के सहारे चलते हुए एक वृद्ध प्रकट होते हैं)

वृद्ध- " कौन है रे, क्यों मारते हो भाई?"

भजन-मंडली का एक सदस्य- "ये मौलाना है काकू | हम भजन करते चले जा रहे थे , तो मारने लगे | राक्षसों की भांति भजन में बाधा उत्पन्न कर रहे हैं |"

वृद्ध- " नहीं बेटो , किसीको राक्षस मत कहो| सब ईश्वर की संतानें हैं | कर्म तो सुधारा जा सकता है| अरे क्यों,मौलाना साहब,आप चुप क्यों हैं?"

मौलाना-" सलाम काकू साहब, हम शर्मिन्दा हैं, हमें ऐसा नहीं करना चाहिए था |(फिर भजन-मंडली की ओर मुड़कर)- भई, माफ़ कीजिएगा, हमसे गल्ती हो गई | यह लीजिये अपना तानपूरा |"

मंडली का दूसरा –"पहले मारना फिर माफ़ी मांगना, यह कोई बात हुई?"

वृद्ध- " नहीं बेटे, यही सबसे बड़ी बात है | क्षमा करने वाला बड़ा हो जाता है | क्षमा कर देना महानता कहलाती है बेटे |"

मौलाना- "वाह काकू वाह | जी चाहता है तुम्हारी कदम-बोसी का | (पैरों की ओर झुकते हैं परन्तु वृद्ध बीच में ही रोककर गले लगा लेता है) आप ऐसे अगर हर शहर में हो जावें तो दंगा-फसाद , फिरका-परस्ती वगैरह वारदातें कभी न हों |(इतने में सरदार एक झोले में बम के गोले रखे हुए छिपते-छिपाते मस्जिद की ओर बढ़ते दिखाई दे जाते हैं)- अरे सरदारजी, ज़रा इधर तो तशरीफ़ लायें,| काकू के करीब बैठकर उनकी बातें सुनने में कितना सुकून मिलता है |"

सरदार- (स्वगत)- " वाहे गुरु, जैसी तेरी मर्जी | आज यह मस्जिद बच गई | (करीब आकर काकू से)- सत सिरी अकाल काकू |"

वृद्ध- "सत श्री अकाल पुत्तर, आओ-आओ| कहाँ छिपते-छिपाते जा रहे थे?"

सरदार –" वाहे गुरु, सच बताऊँगा | मैं मौलाना साहब की मस्जिद में बम रखने जा रहा था | आज इन्होने मुझे धमकी दी थी |"

वृद्ध- (आश्चर्य से)-"अरे -----" मौलाना- "मुझे माफ़ कीजिएगा सरदारजी, मैंने तो गुरुद्वारे तक तार भी बिछा दिए थे , उसे बम से उड़ा देने की मंशा से |"

वृद्ध और सरदार -(एक साथ)-"ओह"

वृद्ध- (मुस्कुराते हुए)" और अब ?"

मौलाना और सरदार- (एक साथ)-" काकू , आप हमें माफ़ कर देवें |"

वृद्ध- " मैं कौन होता हूँ क्षमा करनेवाला ? वह तो ऊपरवाले की दी हुई सद्बुद्धि है , तुम दोनों को | वह तुम दोनों को क्षमा कर चुका है | हे ईश्वर , इसीप्रकार सबको सद्बुद्धि दे |"

(तभी एक ओर से पुजारी तथा दूसरी ओर से फादर प्रवेश करते हैं)

पुजारी- "प्रणाम काकू | अरे , मौलाना साहब और सरदारजी भी यहीं बैठे हैं | (बैठते हुए)- कहिये क्या वार्ता चल रही है ? " फादर- " ओह काकू, गुड इवनिंग – गुड इवनिंग |"

वृद्ध- " अरे, आज का दिन तो बहुत ही अच्छा है, सभी इकट्ठे हो गए| आओ-आओ, सभी बैठो | कुछ चर्चा ही करते हैं | (सभी एक स्थान पर बैठ जाते हैं | वृद्ध अपनी झोली से पहले एक ग्रन्थ निकालते हैं- उसे मस्तक तक ले जाकर प्रणाम करते हैं , फिर उसे खोलते हुए)- देखो यह वेद है , चार वेदों में प्रथम –ऋग्वेद | इसकी प्रथम ऋचा के ऋषि हैं- मधुच्छन्दा वैश्वामित्र , देवता हैं –अग्नि और छंद है गायत्री | ऋचा का भावार्थ है – " अग्रणी प्रकाशित यज्ञकर्ता , देवदूत यज्ञ- मुख अग्नि का मैं स्तवन करता हूँ | पूर्वकाल में जिसकी ऋषियों ने उपासना की थी और अब भी ऋषि गण जिसकी स्तुति करते हैं , वही अग्नि यज्ञ में बुलाई है| अग्नि धन दिलाने वाली पोषक तथा वीरत्व प्रदान करनेवाली है| हे अग्ने,

तू जिस यज्ञ में सर्वत्र बिराजमान है उसमें विघ्न संभव नहीं है| वह यज्ञ स्वर्गस्थ देवताओं को तृप्त करता है | हे अग्ने, तू हविवाहक , ज्ञानकर्म की प्रेरक अमर,यशस्वी देवताओं सहित यज्ञ को प्राप्त हो |"

(सभी हाथ जोड़ लेते हैं | मौलाना भी ऊपर हाथ कर उकड़ूं बैठ जाते हैं| काकू वेद को पुनः मस्तक पर लगाकर सामने रख देते हैं फिर दूसरा ग्रन्थ कुरआन- मजीद निकालकर उसे भी सिर तक ले जाते हैं |)

– और यह कुरआन-मजीद है –" बिस्मिल्लाहिर्रहमानिर्रहीम----- अल्हम्दु लिल्लाहि रब्बिल आलमीन |" सब तरह की तारीफ़ खुदा ही के लिए है जो तमाम मखलूकात का परवरदिगार है| बड़ा मेहरबान, निहायत रहमवाला, इन्साफ के दिन का हाकिम, ऐ परवरदिगार, हम तेरी ही इबादत करते हैं और तुझी से मदद मांगते हैं | हमको सीधे रास्ते पर चला | उन लोगों का रास्ता जिनपर तू अपना फज़ल व् करम करता रहा , न उनका जिनपर गुस्सा होता रहा और न गुमराहों का | "

(मौलाना आँखें बंद कर उकड़ूँ बैठे हुए हाथ ऊपर की ओर कर दुआ मांगते हैं | सभी हाथ जोड़े बैठे रहते हैं | काकू उस ग्रन्थ को भी मस्तक तक ले जाकर ससम्मान सामने रख लेते हैं | फिर तीसरा ग्रन्थ अपनी झोली से निकालते हैं | उसे भी उसी प्रकार प्रणाम कर खोलते हैं)

और यह है – होली बाइबिल | इसमें श्रृष्टि का वर्णन इस प्रकार आया है- सुनिए-" आदि में परमेश्वर ने आकाश और पृथ्वी की श्रृष्टि की पर पृथ्वी बेडौल और सूनसान पड़ी थी,और गहरे जल के ऊपर अंधियारा था तथा परमेश्वर की छाया जल के ऊपर मंडराती थी |तब परमेश्वर ने कहा- उजाला हो तो उजियारा हो गया | परमेश्वर ने उजियारे को देखा –कहा- अच्छा है और तब उसने उसे अंधियारे से अलग कर दिया | परमेश्वर ने तब उजियारे ओ दिन तथा अंधियारे को रात कहा | फिर सांझ हुई और भोर हुआ | इस प्रकार पहला दिन हो गया |"

(काकू ग्रन्थ को सिरपर लगाते हैं | सब वाह-वह कर उठते हैं | फादर क्रास बनाते हुए आँखें खोल देते हैं)

और यह है पारसी धर्म से सम्बंधित ग्रन्थ –'जोरो आस्त्रीयनिज़्म' (उसी तरह प्रणाम करते हुए)- इसमें जारथुस्त्राके चरित्र का उल्लेख है | अफलातून और अरस्तू ने इनकी कालावधि छः हज़ार वर्ष ईसा पूर्व बताई

है , जबकि हर्मिप्पस ने सात हज़ार वर्ष ईसा पूर्व लिखी है | इनका जन्म-स्थान ईरान के अज़रबेजान जिले के राय गाँव में है | उनके पिता का नाम पौरुशास्पा और माता का नाम दोगदो था | पत्नी हवोवी से तीन पुत्र और तीन पुत्रियाँ हुईं | जाराथुस्त्रा जन्म लेते ही हंस पड़े थे जिसकी सूचना पाकर देश के दुष्ट शासक दुरासरून ने उस बालक को मारने के लिए कई प्रयास किये लेकिन ईश्वर की कृपा से वे बच गए | सात वर्ष की उम्र में ही उनके गुरु वर्जेन कुरुष उनके ज्ञान को देखकर आश्चर्य चकित हो गए थे | इस तरह उनका संक्षिप्त जीवन-चरित्र है जो श्रीकृष्ण जी के प्रारम्भिक जीवन से बहुत कुछ मेल खाता है | बच्चो, यह धर्म पवित्र अग्नि का उपासक है | यही धर्म ऐसा है , जिसका प्रचार पारसियों के अतिरिक्त अन्यों में नहीं है | उनके मंदिरों में प्रवेश केवल पारसी माता-पिता की संतान ही कर सकने में सक्षम है | पवित्र अग्नि के दर्शन अन्य धर्मावलम्बी नहीं कर सकते हैं |"

(उस ग्रन्थ को भी प्रणाम कर एक ओर रख देते हैं | फिर सरदार की ओर देखकर)-अरे आप स्वयं कुछ ग्रन्थ साहब पर बतावें |"

सरदार- " वाहे गुरु –वाहे गुरु – बजो बोले सो निहाल | बस काकू, सब वही है, अलग कुछ नहीं | वेद, कुरान, बाइबिल – सब हमें एक ही शिक्षा दे रहे हैं – सभी परमात्मा की किरपा बरसा रहे हैं | वाह-वाह-वाह आनंद आ गया |"

(सब उठकर काकू को प्रणाम करते हैं फिर आपस में गले लगते हैं | भजन मंडली के सदस्य तानपूरा ले गा उठते हैं - "ईश्वर अल्ला तेरो नाम | सबको सन्मति दे भगवान् ---------"
(भजन समाप्त होते ही पर्दा गिरता है)

लेखक की अन्य रचनाएँ

प्रकाशित
'बुके (ग़ज़ल-गीत –संग्रह)', 'अधूरे-सपने (कहानी-संग्रह)'

प्रकाशनाधीन
'सोने की हथकड़ियां (कहानी-संग्रह)', 'खैराती (लघु उपन्यास)', 'रामबोला (नाटक)', 'रावण-गाथा'